Rainer Maria Rilke, geboren am 4. Dezember 1875 in Prag, ist am 29. Dezember 1926 in Valmont (Schweiz) gestorben.

»Ich weiß nicht zu sagen, wozu es kommen wird, und ob der spanische Plan sich durchsetzen wird«, schrieb Rainer Maria Rilke schon 1903 an seine Frau Clara. Es sollte noch neun Jahre dauern, bis er den »spanischen Plan« verwirklichen konnte. Erst im Herbst 1912 brach er nach Spanien auf. Vor allem Toledo, das er von den Bildern El Grecos kannte und das ihn so sehr beeindruckt hatte, wollte er kennenlernen, »dort wohnen, kaum als Reisender, wie für immer«.

Rilke knüpfte große Erwartungen an seinen Aufenthalt in dieser Stadt, in diesem Land. Er hoffte, die Arbeit an den »Elegien« wiederaufnehmen zu können, seine Schaffenskrise zu überwinden.

Wie sehr das Spanien-Erlebnis in Rilkes literarischem Schaffen voraus- und nachwirkte, zeigt die vorliegende Auswahl aus seinen Briefen, Gedichten und Tagebüchern.

insel taschenbuch 1507

Rilke in Spanien

Rilke in Spanien

Gedichte, Briefe, Tagebücher

Herausgegeben von Eva Söllner

Mit farbigen Abbildungen

Insel Verlag

insel taschenbuch 1507
Erste Auflage 1993
Originalausgabe

Hinweise zu dieser Ausgabe am Schluß des Bandes
Vertrieb durch den Suhrkamp Taschenbuch Verlag
Umschlag nach Entwürfen von Willy Fleckhaus
Satz: Fotosatz Otto Gutfreund GmbH, Darmstadt
Druck: Nomos Verlagsgesellschaft, Baden-Baden
Printed in Germany

1 2 3 4 5 6 – 98 97 96 95 94 93

Reisepläne

»Fürstin, wissen Sie, daß ich eine einzige Sehnsucht hätte: nach Toledo zu reisen.«

VELASQUEZ

Das schöne Spanien däucht mich wohl das Land wo
die Kunst sich ihre Obmacht durfte wahren,
selbst als sie vor dem Sturm von dreißig Jahren
allüberall an des Verderbens Rand floh.

Da just erstand der ›Hofnarr von Lepanto‹
im Kriegsgewand – ein Spott für die Barbaren –
und die Madonna mit den Engelscharen. –
Hat jemals eines hehren Künstlers Hand so

die Wahrheit mit der Schönheit zu versöhnen
verstanden? – Ja, es scheint die Farben kürten
sich jubelnd zu den lebensvollen Tönen.

Die andern, die bei Hof den Pinsel führten,
sie malten alles wohl nach Gunst und Haß stets;
doch groß und wahr blieb einer nur: Velasquez.

Prag, 18. Mai 1895

An Otto Modersohn
Schmargendorf, am 19. Nov. 1900

Ich habe Vogeler schon geschrieben: er möchte sich von Spanien von einem Großen erzählen lassen: Josef Israels hat die Erinnerungen seiner spanischen Reise (ein sehr schlichtes, schönes Tagebuch) als Buch im Verlag des hiesigen Salons Cassirer veröffentlicht und damit Gelegenheit gegeben, einen Blick in das Innere seiner Seele zu tun, die wie seine anderen Intérieurs voll warmer Dunkelheit und voll einfacher Größe ist. Wenn Vogeler das Werk anschafft, lesen Sie es und Paula Becker auch! Es wird Ihnen viel geben und Freude machen!

An Clara Rilke
Paris, am 28. [September], Sonntag,
Morgen [1902]

Gestern war eine Dame da [...]: Sie war sehr lebhaft, sprach sehr viel, ist nicht mehr jung, von Abstammung halb Italienerin, halb Spanierin, klein, mit Neigung zum Dicksein und mit zwei Gesichtern: eines mit und eines ohne Brille... sie hat vor dem Zusammenbruch der Rodin-Akademie dort gearbeitet, obwohl sie de la pintüre fäit – um »die Form besser kennen zu lernen«. Sie sprach sehr entzückt von Bourdelle. Nun, diese Person, die Rodin engagiert hat, um sich von ihr Besprechungen, die in fremden Sprachen erschienen sind, übersetzen zu lassen (sie scheint einige zu können), diese Person, von der ich nun schon eine halbe Seite lang schreibe – ist vollkommen gleichgültig. Aber, denke, was sie mir so im Laufe des Gespräches gesagt hat: Zuloaga lebt in Paris! – Seine genaue Adresse wußte sie nicht, aber ich werde mir alle denkbare Mühe geben, sie zu erfahren und dann zu ihm gehen; vielleicht schon mit Dir. Er muß zu finden sein …

An Clara Rilke
Viareggio presso Pisa (Italie)
Hôtel Florence, am 8. April 1903

(Mittwoch.) … hier ist wieder ein Tag voll Unruhe und Gewaltsamkeit. Sturm gegen Sturm über dem Meer. Fliehendes Licht. Nacht im Wald. Und das große Geräusch über allem. Ich war den ganzen Vormittag im Wald, und, nach vier oder fünf grellen Tagen, tat das Dunkel, das dort wohnte, allen Sinnen wohl und die Kühle und der fast scharfe Wind. Du mußt Dir diesen Wald sehr, sehr hochstämmig denken, dunkle, grade Pinienstämme und hoch oben ihre aufgetanen Zweige. Der Boden ganz dunkel von Nadeln und bedeckt mit sehr hohen stachligen Ginsterbüschen, die ganz voll gelber Blüten sind, Blüte an Blüte. Und heute leuchtete dieses Gelb in der kühlen, fast nächtlichen Dämmerung und wiegte sich und winkte, und der Wald war von unten erhellt und sehr einsam. Ich ging … stundenlang dort auf und ab und dachte viel … Ich weiß nicht zu sagen, wozu es kommen wird, und ob der spanische Plan sich durchsetzen wird oder irgendein anderer, vielleicht noch gar nicht benennbarer. Es nützt auch nichts, davon zu reden jetzt, und ich denke, eines Tages wird man es wissen und tun. Und wissen und tun wird Eines sein. So viel ist sicher, daß ich zunächst wieder nach Paris kommen werde, vielleicht um das Carrière-Buch zu schreiben; es ist mir immer, als ob Paris mir noch eine Arbeit schenken müßte … Jeder muß in seiner Arbeit den Mittelpunkt seines Lebens finden und von dort aus strahlenförmig wachsen können, soweit es geht. Und dabei darf ihm kein zweiter zusehen . . . : denn nicht einmal er selber darf es. Es liegt eine Art Reinheit und Jungfräulichkeit darin, in diesem von sich selbst Fortschauen; es ist, wie wenn man zeichnet, den Blick an das Ding gebunden, verwoben mit der Natur, und die Hand geht allein irgendwo unten ihren Weg, geht und geht, wird ängstlich, schwankt, wird wieder froh, geht und geht tief unter dem Gesicht, das wie ein Stern über ihr steht, das nicht schaut, nur scheint. Mir ist, als hätte ich immer so geschaffen: das Gesicht im Anschauen ferner Dinge, die Hände allein. Und so muß es gewiß auch sein. So will ich wieder werden mit der Zeit . . .

An Lou Andreas-Salomé
Oberneuland bei Bremen, am 15. August 1903

[. . .] und dann halten wir in München, um ein großes Bild eines Freundes zu bewundern, den wir uns in Paris gewonnen haben. Die Familie eines Stierkämpfers, die Ignacio Zuloaga gemalt hat, ist es, und der spanische Maler hat uns auch als Mensch so groß und schlicht berührt, daß wir uns diesem Bild, in das er vieles aus sich hineingegeben hat, gleich wie einem Wiedersehen erwartungsvoll entgegenfreuen. Auch in Venedig (das unsre nächste Reisepause bedeutet) werden wir Bilder von ihm sehen; vielleicht als die einzige Wirklichkeit in dieser traumhaften Stadt, deren Dasein einem Spiegelbilde gleicht.

An Lou Andreas-Salomé
Rom, Villa Strohl-Fern, am 12. Mai 1904

Kunst ist ... ein weitester Lebensweg, und wenn ich denke, wie gering und anfängerhaft das ist, was ich bisher getan habe, so wundert es mich nicht, daß diese Leistung (die einem fußbreiten Streifen halbbebauten Ackers gleicht) mich nicht ernährt. Pläne tragen ja nichts, und voreilig Gesäetes geht nicht auf. Geduld und Arbeit aber sind wirklich und können sich jeden Augenblick in Brot verwandeln. »Il faut toujours travailler«, sagte mir Rodin jedesmal, sooft ich ihm von des täglichen Lebens Zwiespalt zu klagen versuchte; andere Lösung wußte er nicht, und es war ja auch seine gewesen. Jahrzehntelang verleugnete man ihn, und hätte er da mit seinen Plänen gelebt und besserer Tage gewartet, so wäre alles wie über nichts über ihn weggegangen; da aber seine Welt aufstand unter den Leuten, zwang sie sie, stehen zu bleiben, und war ein Hindernis, mit dem man sich beschäftigen mußte. – Bei meiner Arbeit zu bleiben und alles Zutrauen zu haben nur zu ihr, das lerne ich von seinem großen und groß gegebenen Beispiel, wie ich Geduld lerne von ihm; meine Erfahrung sagt mir freilich immer wieder, daß ich nicht mit sehr viel Kraft zu rechnen habe, und deshalb will ich auch, solang es sich irgend machen läßt, nicht zweierlei tun, Erwerb und Arbeit nicht trennen, vielmehr versuchen, in dem einen konzentrierten Bestreben beides zu finden: nur so kann mein Leben etwas Gutes und Notwendiges werden und aus ererbter und unreifer Zerrissenheit zusammenheilen zu einem tragenden Stamm.

Darum will ich meinen nächsten Aufenthalt, von allem anderen abgesehen, nach der Arbeit beschließen und nur nach ihr. Um so mehr will ich das, als ich mich jetzt in Entwicklungen und Übergängen fühle (in Wandlungen, welche Schauen und Schaffen in gleichem Maße betreffen), die langsam vielleicht zu der Möglichkeit eines toujours travailler hinführen, mit welcher ja wirklich alle äußeren und inneren Schwierigkeiten, Gefahren und Wirrnisse in gewissem Sinne überwunden wären... denn wer *immer* arbeitet, *kann* auch leben, muß es können.

So ist also von dem zu reden, was ich zunächst vorhabe.

Die Arbeiten, die ich mir vornehme und [die] mich abwechselnd beschäftigen sollen, sind:

1. Die »Gebete«, die ich fortführen will.

2. Mein neues Buch (dessen feste lückenlose Prosa eine Schule für mich ist und ein Fortschritt, der kommen mußte, damit ich später einmal alles andere – auch den Militärroman – schreiben könne).

3. Ein Dramen-Versuch.

4. Zwei monographische Bücher:

Der Dichter: Jens Peter Jacobsen.

Der Maler: Ignacio Zuloaga.

Diese beiden machen Reisen nötig. Das erste eine Reise nach Tistedt und einen Aufenthalt in Kopenhagen, das zweite eine Reise durch Spanien. (Zuloaga war neben Rodin der einzige Mensch, mit dem ich mich während des pariser Aufenthaltes tief und lange berührte und dessen Wichtigkeit und Wert ich fühle und sagen kann./ Oder werde sagen können/. Einmal will ich Dir von ihm erzählen.)

Diese Reisen und Bücher eilen aber nicht; [...]

An Lou Andreas-Salomé
Borgeby gård, Flädie, Provinz Skåne, Schweden,
am 3. Juli 1904

... Neapel war viel, anders als Rom, wirklich lebendig, wirklich eine Welt und eines Meeres Nähe. Aber soviel Eindrücke ich dort in vier Tagen auch empfing, es war nichts gegen die darauffolgende Zeit. [...] Dann eine Nacht und am Morgen: Deutschland. Düsseldorf, Gute-Stuben-Stimmung. Freundliche und neugierige Spießbürger; mitten unter ihnen, wie ein Steinbruch wild, Rodins Dinge, und wie ein großer Garten: Zuloaga.

An Lou Andreas-Salomé
Villa des Brillants, Meudon-Val-Fleury
(Seine et Oise), 23. Nov. 1905

... Ich sehe selten Leute, dann und wann jemanden, der zu Rodin kommt; gestern war ich bei Verhaeren, von Ellen Key hingeschickt, und hatte einen lieben stillen Zusammenhang mit ihm, vor allem Reden. Was hat er doch für schöne Gedichte gemacht! Sonnabend sehe ich Zuloaga, der endlich für eine Weile nach Paris arbeiten gekommen ist. Wie aber mag es in Spanien gewesen sein? Rodin kam etwas angewidert von dort zurück, von dem Essen, von den Post-Verhältnissen, ach und von den Spaniern auch, die das widerliche Pferdeschlachten bei den Corridas und ihre Freude daran ihm fast verleidet hat. Aber seine Reise war flüchtig und hat ihm verhältnismäßig doch viel eingebracht.

An Clara Rilke
[Paris] Donnerstag, am 26. April 1906

... Gestern war die Taufe von Zuloagas Sohn. Ich hatte keine Zeit in die Kirche zu gehen, war aber hernach für eine Weile in seinem neuen Atelier, Montmartre, unter dreißig oder vierzig mir völlig fremden Menschen (von Cottet kannte ich wenigstens Nase und Bart, konnte aber, da er selbst dabei war, mit denen allein nicht sprechen). Man sang und tanzte. Eine Spanierin, deren Wesen es war zu singen, sang sehr schön, im Rhythmus spanischen Bluts, die Carmén und spanische Lieder; eine Gitane, mit dem gewissen schwarz-bunten Tuch, tanzte spanische Tänze. Es war ziemlich viel vom Klima in dem mittelgroßen Atelier, in dem man sich drängte. (Aber die eng von Zuschauern umstandene Tänzerin Goyas war mehr.) Zuloaga war lieb und schön, mit seinem Stolz und seinem aufglänzenden Lächeln ...

SPANISCHE TÄNZERIN

Wie in der Hand ein Schwefelzündholz, weiß,
eh es zur Flamme kommt, nach allen Seiten
zuckende Zungen streckt –: beginnt im Kreis
naher Beschauer hastig, hell und heiß
ihr runder Tanz sich zuckend auszubreiten.

Und plötzlich ist er Flamme, ganz und gar.

Mit einem Blick entzündet sie ihr Haar
und dreht auf einmal mit gewagter Kunst
ihr ganzes Kleid in diese Feuersbrunst,
aus welcher sich, wie Schlangen die erschrecken,
die nackten Arme wach und klappernd strecken.

Und dann: als würde ihr das Feuer knapp,
nimmt sie es ganz zusamm und wirft es ab
sehr herrisch, mit hochmütiger Gebärde
und schaut: da liegt es rasend auf der Erde
und flammt noch immer und ergiebt sich nicht –.

Doch sieghaft, sicher und mit einem süßen
grüßenden Lächeln hebt sie ihr Gesicht
und stampft es aus mit kleinen festen Füßen.

Paris, Juni 1906

An Clara Rilke

Paris VIe, 29, rue Cassette, am 6. Sept. 07

... es wird wieder nur ein kleiner Sonntagsgruß: aber dafür sind gestern wieder ein paar »blaue Zettel« an Dich abgegangen, die mehr berichten von mir als die längsten Briefe: das ganze Leben, das ich den letzten Monat geführt habe, kannst Du, in ihnen blätternd, nachleben: alles, was war, ist darin: alles, was Arbeit war; und es war nichts sonst. So hast Du wieder etwas zu verwahren und zu lesen (in dem kleinen Häuschen, wo Du zurückgezogen sein kannst) und hast es für lange diesmal; denn das sind schon Stücke eines nächsten, zweiten Bandes der neuen Gedichte, und frühestens in einem Jahr wirst Du sie erst, ergänzt und vermehrt, zum Druck weitergeben müssen. Vielleicht sind da und dort ein paar Erklärungen nötig. Das »Bildnis« wirst Du deuten und erkennen, auch ohne; – die Corrida setzt voraus, daß man den Verlauf eines Stiergefechts kennt, und bezieht sich auf den berühmten Espada: Montès, der zuerst in dem angegebenen Jahr das »Galear el Toro« versuchte: das Plötzlich-sich-Abwenden von dem rasenden Tier, das, da es das Gesicht des Gegners nicht mehr findet, durch die plötzliche Veränderung verwirrt, vorbeistürzt und erst im nächsten Wenden den Stoß empfängt. Aber ich will Dich lieber ganz allein lassen mit allem. Was Du nicht verstehst in einem Detail, wirst Du schon erfühlen: oder es ist nicht gut. Also heb mir alles bei Dir auf und in Dir, vorläufig bis wirs zusammen lesen werden und dann weiterhin. – ...

CORRIDA

In memoriam Montez, 1830

Seit er, klein beinah, aus dem Toril
ausbrach, aufgescheuchten Augs und Ohrs,
und den Eigensinn des Picadors
und die Bänderhaken wie im Spiel

hinnahm, ist die stürmische Gestalt
angewachsen – sieh: zu welcher Masse,
aufgehäuft aus altem schwarzen Hasse,
und das Haupt zu einer Faust geballt,

nicht mehr spielend gegen irgendwen,
nein: die blutigen Nackenhaken hissend
hinter den gefällten Hörnern, wissend
und von Ewigkeit her gegen Den,

der in Gold und mauver Rosaseide
plötzlich umkehrt und, wie einen Schwarm
Bienen und als ob ers eben leide,
den Bestürzten unter seinem Arm

durchläßt, – während seine Blicke heiß
sich noch einmal heben, leichtgelenkt,
und als schlüge draußen jener Kreis
sich aus ihrem Glanz und Dunkel nieder
und aus jedem Schlagen seiner Lider,

ehe er gleichmütig, ungehässig,
an sich selbst gelehnt, gelassen, lässig
in die wiederhergerollte große
Woge über dem verlornen Stoße
seinen Degen beinah sanft versenkt.

Paris, 3. August 1907

DON JUANS KINDHEIT

In seiner Schlankheit war, schon fast entscheidend,
der Bogen, der an Frauen nicht zerbricht;
und manchmal, seine Stirne nicht mehr meidend,
ging eine Neigung durch sein Angesicht

zu einer die vorüberkam, zu einer
die ihm ein fremdes altes Bild verschloß:
er lächelte. Er war nicht mehr der Weiner,
der sich ins Dunkel trug und sich vergoß.

Und während ein ganz neues Selbstvertrauen
ihn öfter tröstete und fast verzog,
ertrug er ernst den ganzen Blick der Frauen,
der ihn bewunderte und ihn bewog.

Paris/Capri, 1907/1908

Und der Engel trat ihn an: Bereite
dich mir ganz. Und da ist mein Gebot.
Denn daß einer jene überschreite,
die die Süßesten an ihrer Seite
bitter machen, tut mir not.
Zwar auch du kannst wenig besser lieben,
(unterbrich mich nicht: du irrst),
doch du glühest, und es steht geschrieben,
daß du viele führen wirst
zu der Einsamkeit, die diesen
tiefen Eingang hat. Laß ein
die, die ich dir zugewiesen,
daß sie wachsend Heloïsen
überstehn und überschrein.

Paris, August 1908

An Auguste Rodin
16 octobre 1908, 77, rue de Varenne

Mon cher Rodin, Je reviens du Salon où j'ai passé une heure devant »Tolède« de Greco. Ce paysage me semble de plus en plus étonnant. Il faut que je vous le décrive tel que je l'ai vu. Voilà:

L'orage s'est déchiré et tombe brusquement derrière une ville qui, sur la pente d'une colline, monte en hâte vers sa cathédrale et plus haut vers son château-fort, carré et massif. Une lumière en loques laboure la terre, la remue, la déchire et fait ressortir çà et là les prés, verts-pâles, derrière les arbres, comme des insomnies. Un fleuve étroit sort sans mouvement de l'amas de collines et menace terriblement de son bleu-noir et nocturne les flammes vertes des buissons. La ville épouvantée et en sursaut se dresse dans un dernier effort comme pour percer l'angoisse de l'atmosphère.

Il faudrait avoir de tels rêves.

Peut-être que je me trompe en m'attachant avec une certaine véhémence à cette peinture; vous me le direz quand vous l'avez vue.

Tout à vous cher grand Ami votre Rilke

An Anton Kippenberg
Grand Hotel Continental, München,
am 14. September 1911

Heute trafen wir Hofmannsthals in der Pinakothek, wo sehr großartige Grecos ausgestellt sind, vor denen ich voraussichtlich jede freie und stille Stunde meiner hiesigen Zeit, ihrer gewärtig wie ein Schüler, zubringen werde.

An Frau von Nostitz
Grand Hotel Continental, München,
am 14. Sept. 1911

Eben sah ich Hofmannsthal, in der alten Pinakothek, in einem Saal unbeschreiblich schöner Greco-Bilder, von deren großer und entschiedener Gegenwart man so eingenommen war, daß man sich mehr versprach, sich wiederzusehen, als daß man sich wirklich sah. Von hier aus, in einigen Tagen, treibts mich, vielleicht noch über einen kleinen Umweg, auf Paris zu, und erst dort wird sich entwickeln, wie und wohin, denn das Bleiben scheint mir fürs nächste noch nicht recht wahrscheinlich, ich habe noch viel zuviel Bedürfnis nach Ländlichkeit in mir, um mich schon städtisch einzuwintern.

An Marie von Thurn und Taxis
Grand Hotel Continental, München
am 17. Sept[ember] 1911. [Sonntag]

[...] Greco's, Greco's sind hier, eine ganze Wand seltenster stärkster Bilder, dies erhält mich von einem zum andern Tag.

An Marie von Thurn und Taxis
Paris, 77 rue de Varenne,
am 27. September 1911. [Mittwoch]

Fürstin, wissen Sie, daß ich eine einzige Sehnsucht hätte: nach Toledo zu reisen. Diese Nacht bildete ich mir plötzlich ein, wir thätens, halb dachte ichs, halb träumte ichs und ließ mich in Beidem recht weit gehen. Ich kann verfolgen, wie das entstehen mußte: Ihr Brief zeigte mir, daß Sie noch im Einzelnen unentschlossen sind (was mich, Zögerer von Beruf, übrigens sehr tröstete), aus Oberitalien hörte auch ich in München und Berlin immer wieder Choleragerüchte, und um direkt nach Duino zu gehen, ist es Ihnen vielleicht zu früh... Dies müssen so die Voraussetzungen meines Traumes gewesen sein, dann kam dazu, was mir alle diese Tage nachgeht: die Greco's, die ich jetzt in München sah und wiedersah, durchmachte, erlebte: ich schrieb Ihnen davon, kam aber wohl nicht dazu, zu erzählen, daß da dieser seltsame *Laokoon* war: stellen Sie sich vor, ein geräumiges Bild, im Vordergrund auf braunem steinigem, von den Wolken herüber rasch und tragisch verdunkeltem Erdreich,

Laokoon, umgerissen von der Schlange, die er hinter sich wegzuhalten versucht, einer der Söhne schon gefällt, einer links, stehend, zurückgekrümmt und wieder gespannt von dem starken Bogen der zweiten Schlange, die ihm schon ans Herz reicht, zwei Söhne rechts noch kaum begreifend (so schnell wälzte sich das heran und nahm überhand), und durch alles das hindurch, durch Stehen und Stürzen und Widerstand, durch alle die spannenden Zwischenräume dieser Verzweiflung durch – Toledo gesehen, wie wissend von diesem Schauspiel, hinaufgedrängt auf seine unruhigen Hügel, bleich von dem Schein der hinter ihm hinstürzenden Himmel –. Ein unvergleichliches, unvergeßliches Bild. – So kam es also und klärt sich auf; es müßte herrlich sein, diese Stadt zu sehen und den Greco im Zusammenhang mit ihr. Aber ich phantasiere natürlich, das wäre mehr als ein Umweg, weiß Gott, was das wäre. Wie freu ich mich aufs Mündliche. Bitte recht bald.

An Sidonie Nádherný
Venedig, San Vio, Palazzo Valmarana,
am 5. Sept. 1912.

Ich denke zurück, bis an jene frühste halbe Stunde vor so viel Jahren, da wir nebeneinander, im Pavillon zu Meudon, vor Rodin'schen Dingen standen: wie vieles ist geworden seither, wie hat Ihr Leben zugenommen, bis zu diesem: »beinah als wäre es nur ein Gefühl, nur ein Gedanke mehr« – und nun weiter und immer weiter. Dies ist sicher die Verfassung und der Moment, nach Griechenland zu gehen, gerade von dieser Empfindung aus mag es wunderbar erreichbar sein, es, das auch in einer sichern Einheit zusammenkam und darin die Höhe hatte, von der es sich fühlte und wußte und besaß. Ja, Sie müssen hin und so wie Sie's planen, das ist mir ganz klar; aber bedenken Sie, wie anders, wie geradezu entgegengesetzt *meine* jetzige Verfassung ist und wie ich so garnicht auf das durchaus Neue und Überlegene dieser Welt mich vorbereiten kann, weil ich in der Wirrnis meiner gegenwärtigen Zustände kaum wüßte, was lassen, was beginnen. Ich kann, wenn ich mich prüfe, nichts Bevorstehendes gebrauchen (und so Immenses steht riesengroß bevor), ein durchaus Einfaches, das zu nichts verpflichtet, nicht zum Schauen, nicht zum Aufnehmen, thäte mir den größten Gefallen, etwa wie in der Landschaft ein kleiner Fußweg, der sich verliert, der sich verliert. Fühlen Sie's, liebste Freundin, es ist ein Grad von Müdigkeit, wenn man's streng nimmt: von Feigheit in mir, der in dem Großen gleich nur die Aufgabe sieht (nicht die Natur) und sich sagt: man wird auch dahinter wieder zurückbleiben. Und dann (nehmen Sie das, was ich da sage nicht für eine oberflächliche äußere Eitelkeit), ich begreife an Ihrem guten großen Vorschlag so recht, wie sehr Sie mich zurechnen zu dem natürlichen Reichsein Ihres Lebens, und ich hab es für künftig nöthig, daß dies so bleibe, ich mag nichts weniger gefährden als die Sicherheit, zu Ihrem Großen, Schönen, Glücklichen zu gehören: wie würde ich Ihnen jetzt, auf einer gemeinsamen Reise, das Bewußtsein, das Sie von mir haben, herabsetzen und einschränken, und die Korrekturen gegen das Dürftigere zu, die Sie fortwährend vornehmen müßten, wären nicht einmal wahrer als das frühere Größere, denn unsere Wahrheit, liebes Kind, ist so recht im Größten.

Indessen will ich Ihnen doch schreiben, welches neulich *meine* Fantasieen waren, die, ermuthigt durch die Ihren, nahezu einen Plan bildeten: ich würde (wenn es sich thun ließe, aber es steht dem reichlich viel entgegen) für ein paar Tage (mitte September) nach Berlin gehen, von dort in einem Zuge nach Madrid fahren, drei Tage etwa den Prado sehen, von da nach *Toledo* und dort wohnen, kaum als Reisender, wie für immer, so toledanisch wie möglich, und erst beim Einbruch der Stürme Sevilla aufsuchen, um später in Gibraltar ein Schiff nach Sizilien zu nehmen. Denn: wenn ich schon ans Schauen denken mag, so mein ich innerlich immer, Toledo nöthig zu haben, Greco... nächstes Jahr giebts schon eine Greco-Feier und Lärm um ihn und die ganze Öffentlichkeit; es wäre der letzte Moment, zuvorzukommen, ihn in der Stille aufzufassen, und auf *ihn* fühlt ich mich durch mancherlei, nicht zuletzt durch meine schweren Zeiten, und durch Cézanne und durch Venedig und durch Avignon vorbereitet. – Dies ist die einzige meiner Linien, die ich nachziehen und leserlich machen kann, und daß ichs kann, scheint mir alles Mögliche und Sie haben viel dazu geholfen, mir's klar zu machen, Sidie; danke; danke. Danke. Schreiben Sie, wie Ihnen meine Pläne aussehen, schreiben Sie mir bald.

An Sidonie Nádherný
Duino, Küstenland.
Sonntag früh [15. September 1912].

Nur Dank heute, liebste Freundin, für Ihren Brief, den ich gestern abend hier, auf Duino empfing, wo ich seit Mittwoch bin; Dank: Sie können denken, daß er mir wohlgethan hat. Die Fürstin, mit der ich die letzten Tage viel gesprochen habe (ich bin hier jetzt ganz allein mit ihr) – räth mir wie Sie: dem Antrieb nachzugeben und gradenwegs auf Greco loszufahren, komme was wolle. Aber, aber –, viel ist noch dagegen, Äußeres, und daß auch innen keine völlige Zustimmung herrscht, liegt an der Unübersehbarkeit meiner jetzigen Verfassung, auch gesundheitlich bin ich vielfach gehemmt, jeder zweite dritte Tag ist ein halbwegs unbrauchbarer. Was thun? – Ich weiß nicht, die Reise allein schon bis Toledo schüchtert mich ein, wenn ich sie überlege auf ihre Länge hin.

Jedenfalls, wohin ich mich auch entschließe, ich möchte nicht lange mit dem Aufbruch warten, denn das Klima hier thut mir jetzt nicht gut, ich hab es zu lange durchgemacht, und habe hier, beim Ankommen, die verwünschte Bora und eine Kälte und Leere vorgefunden, die beinah schon eine Anleihe auf den November war. Schade, Sie werden von Triest aus Ihren schönen Weg antreten, und ich werde nicht mehr hier sein; wie gern hätt ich Sie gerade hier, dem Schauplatz meines vergangenen Winters, wiedergesehen, überhaupt wiedergesehen vor Ihrer Reise. Die Fürstin Marie aber bittet mich, Ihnen auf alle Fälle zu sagen, wie sehr sie sich freuen würde, Sie hier zu sehen, wenn Sie nach Triest kommen; Sie wollten gegen den 10. Oktober reisen, so viel ich erinnere, nichtwahr? [...]

Nur dies jetzt, wir fahren in die Nachbarschaft zum Frühstück, es ist ein wenig Sonne in Sicht über dem Meer. Wenn meine arme Unschlüssigkeit sich zu einer Art Handeln zusammennimmt, erfahren Sie's gleich und müssen mirs dann wünschen und segnen, seis das oder jenes.

An Leo von König
Schloß Duino, österr. Küstenland,
am 18. Sept. 1912

Lieber Herr v. König, eine Bitte in der Eile: würden Sie imstand sein, mir bezüglich des Wohnens für Toledo einen Wink zu geben, ein paar Worte –, zwar steht erst nur eine schwache Möglichkeit, daß ich nun doch hinkomme, ziemlich robusten Widerständen allein und verlegen gegenüber, Gott weiß, doch da der spanische Plan immerhin besteht, möcht ich für alle Fälle mich gerüstet halten. Und Sie? Keine Aussicht, sich dort zu treffen?

Ich erwarte seit Monaten und Monaten das von Cassirer angekündigte Greco-Werk (Cossio-Meyer-Graefe), wissen Sie davon, wann es erscheinen wird?

An Anton Kippenberg
Duino 2. 10. 1912

Ich gedenke [...], diesen Herbst und soweit als möglich einen Teil des Winters in Spanien zu verbringen, wie Sie gleich verstehen werden, nicht als Tourist, der sich eilt, sondern ich meine, mich in Toledo niederzulassen und dort zu wohnen. Sie wissen, daß Greco zu den größesten Ereignissen meiner letzten zwei oder drei Jahre gehört; das Bedürfnis, sich gewissenhafter mit ihm einzulassen, sieht beinah wie eine Berufung aus, wie eine tief innen eingesetzte Pflicht; – aber weit darüber hinaus, bis in jene römischen Tage, da ich, ohne es zu wissen, den »Malte Laurids« begann, reicht der Antrieb zu einem Aufenthalt in Spanien, – und über dem Gang der Jahre seither, während eines sich erfüllte, ein anderes abfiel, ist mir dieser Wunsch so rüstig und lebhaft geblieben, daß er jetzt fast der einzige ist, auf den ich mich in mir verlassen kann. Vielleicht übertreibe ich: aber mir will scheinen, als ob diese Reise von ähnlicher Bedeutung für meinen Fortschritt sein würde, wie es einst die russische war; als ob sie die Vollmacht vieles Ausdrucks, der jetzt noch nicht gewährt ist, mit sich bringen sollte; – der immer noch abwartende Zustand, in dem ich mich seit Abschluß der letzten großen Arbeit finde, mag auch dazu beitragen, daß ich mich aufmerksam an diesem Neuen versuchen möchte, darin die verschiedensten Richtungen meiner Arbeit, wie ich vermute, zusammenkommen.

An Sidonie Nádherný
[Telegramm]
Duino, 9/10/1912.

Bin bis Sonntag München, Hotel Marienbad. Keine Möglichkeit sich dort zu treffen? Dann reise ich weiter, Spanien. Grüße.

Rainer

An Marie von Thurn und Taxis
Hotel Marienbad, München
am 17. Oktober. (Donnerstag) [1912]

Ja, Fürstin, Sie finden mich noch hier, ich bin ganz bewegt davon und ein wenig beschämt nebenbei, weil es so garnicht dem Programm nach geht –, andererseits wüßt ich wirklich nicht weiter ohne Sie vorher noch zu sehen: es ist durch und durch in der Ordnung, wenn mans nicht pedantisch nimmt. Also: auf Wiedersehen, Sonntag.

(Eben kommt nämlich Ihr Telegramm, das ich gleich beantworte –) gestern abend Ihr guter Brief, die Theilnahme der Fürstin Bibesco an jenen Ihren Versen rührt mich: Sie pflanzen mir immer wieder kleine Ruhmzweige in die herrlichsten Gärten.

Placci, heißt es, kommt schon heute abend im Russischen Hof, hier, an, ich werde gleich morgen nach ihm fragen –. Hofmannsthal ist gestern gegen Stuttgart zu gegangen.

Danke, danke für Ihr Überlegen, Marthe betreffend. Sie heißt Marthe Hennebert; schelten Sie mich keinen Stock, Fürstin, wenn ich ihr selbst jetzt, auf diese Art Adresse hin, nicht zu schreiben versuche: was hat sie davon, wenn ich ihr nun mittheile, daß ich in München bin und nach Spanien gehe –? Nichtwahr?

Wege sind Wege.

Liebe Freundin, es ist doch ein Glück, daß Sie kommen. (Nehmen Sie nicht die Pia mit nach Stuttgart?) Wir werden den Laokoon des Greco hier zusammen sehen und dann fahr ich Montag oder Dienstag doch noch von *Ihnen* aus ins Neue, Nächste, Übernächste, Künftige, so gehört es sich diesmal.

An Katharina Kippenberg
Hotel Marienbad, München,
am 25. Okt. 1912

Nichts wär mir lieber als daß Toledo sich so brauchbar und wohnlich erwiese, daß ich wirklich bleiben könnte bis Sie mich von dort zurückbringen. Wen ich hier fragte, der sprach mir eher schlecht von Spanien, einzelne waren auch schon ganz ungefragt dagegen; aber ich habe das entschiedene Gefühl, daß es mir, gut oder schlecht, das Rechte antun und zumuten wird und so unternehm ichs reichlich getrost. Aber so arg ist mein Mut zu Spanien nicht, daß er mir die Schrift zum Durchgehen brächte, das war nur die Feder (wie Sie sehen).

An Marie von Thurn und Taxis
Grand Hôtel, Bayonne. Am letzten
Oktober, abends.
[31. 10. 1912, Donnerstag]

Liebe Fürstin, *Dunque*: ich bin gefahren, gefahren –, und hier sein heute seit früh (es regnet) heißt eigentlich auch weiter nichts, als eben einen Tag nicht fahren, mehr warten als ausruhen, denn das ist klar: es handelt sich drum, anzukommen; man wird sein Möglichstes thun müssen. [...]

Das Museum, bis auf einen kleinen alten Vorrath ganz aus den Sammlungen Léon Bonnats gebildet, hat einen wunderbaren Goya, zwei Greco's, aber die Überraschung ist auf Seite einiger ganz frühgriechischer Sachen aus gebranntem Thon und bei den *Aquarellen* des Bildhauers Barye (Rodins erstem Meister). [...]

Fürstin, ich sage mir heute da ich die Vergünstigung genießen werde, wieder ein Bett zu benutzen, vor dem Einschlafen, daß ich so ziemlich an der Grenze Spaniens bin, es wird Ernst, es wird Ernst.

Auch wars das Wichtigste beinah, daß mich der Geist heute mittag die spanische Straße entlang aus der Stadt hinaustrieb durch die *Porte d'Espagne*; unmerklich hatte man zwei Wallreihen überschritten, fand sich draußen in großen freien Anlagen, und im Rückblick erschien, was da an Häusern fenstrig und still zusammenstand, als ein sehr eigenes Wesen; man glaubte mit diesen Gebäuden in einer Welt zu sein, die rundlichen Grasrücken der Wälle schlossen perspektivisch aneinander an, aber man war durch tiefe doppelte Gräben von allem abgetrennt wie von den Raubthieren bei Hagenbeck.

Genug, denn ich werde gleich stupide sein vor Müdigkeit, es flackert nur noch im Bewußtsein. Grüße, tausend Grüße aus Bayonne, ins Hôtel-Buch schrieb ich mich natürlich als aus Duino ein; von *dorten* bin ich aufgebrochen, dabei bleibts, und ziehe nun, ziehe, wandere, werde.

In Spanien

»Sagen können, wie es hier ist,
werd ich ja nie«

An Marie von Thurn und Taxis
Toledo, am Allerseelentag 1912

Fürstin, Ihnen das erste Wort, sei es: Hoffnung, und wenn schon gleich wieder ein Wunsch mitsprechen darf: es möchte lange kein anderes mir klarwerden, damit ich mich in diesem hier arglos und unbegrenzt einrichten kann.

Sagen können, wie es hier ist, werd ich ja nie, liebe Freundin (da ist Sprache der Engel, wie sie sich unter den Menschen helfen), aber *daß* es ist, daß es *ist*, das müssen Sie mir aufs Geratewohl glauben. Man kann es niemandem beschreiben, es ist voll Gesetz, ja, ich begreife augenblicklich die Legende, daß Gott, da er am vierten Schöpfungstag die Sonne nahm und stellte, sie genau über Toledo einrichtete: so sehr sternisch ist die Art dieses ungemeinen Anwesens gemeint, so hinaus, so in den Raum –, ich bin schon überall herumgekommen, hab mir alles eingeprägt, als sollt ichs morgen für immer wissen, die Brücken, beide Brücken, diesen Fluß und, über ihn hinüber verlegt, diese offene Menge der Landschaft, übersehbar wie etwas, woran noch gearbeitet wird. Und dieses Glück der ersten Wege, die man versucht, dieses unbeschreiblich sichere Genommen- und Geführtsein –, stellen Sie sich vor, ich nahm die Gasse Santo Tomé, dann die des Engels (Calle del Angel), und sie brachte mich vor die Kirche San Juan de los Reyes, an deren Mauern lauter Ketten Gefangener oder Befreiter in Reihen herabhängen und auf den Gesimsen aufruhen. Pascha hatte mir in München erzählt, er hätte inzwischen im Baedeker gesehen, daß es so eine Kirche mit Ketten gibt –, ohne die Erinnerung, sie damals selbst gesehen zu haben. Nun wars das erste, sie zu finden. Und dann weiter, nirgends wars zufällig, und fast hat man Lust, sich umzusehen, bei solchem Entdecken, wie um zu erfahren, wer eigentlich zuschaut, wem man damit eine Freude macht, wie Kinder sich umsehen, wenn sie etwas lernen.

Es quält mich, wenn ichs nur anschlagen könnte, den Ton; hier zum ersten Mal kann ich mir denken, daß man geht und Kranke pflegt, täglich durch diese Stadt durchschreitend, könnte man irgendwo einbiegen und sich in der Enge unscheinbar abgeben, so am Äußersten steht dies hier, nach außen kann man darüber nicht hinaus. Aber draußen auch wieder, kaum hundert Schritt vor dieser unübertrefflichen Stadt, müßte es denkbar sein, auf einem der unverheimlichten Wege einem Löwen zu begegnen und ihn sich durch irgend etwas Unwillkürliches in der Haltung zu verpflichten. Zwischen diesen beiden Gebärden etwa möchte das Leben hier liegen –.

Mein Gott, wie viele Dinge hab ich lieb gehabt, weil sie etwas von diesem da zu sein versuchten, weil ein Tropfen dieses Blutes in ihrem Herzen war, und nun solls das Ganze sein, halt ichs denn aus?

Nichts mehr heute, Fürstin; ich bin um zehn Uhr morgens angekommen, in Madrid (das mir fast so mißfiel wie Triest) nur eben von einem Bahnhof zum anderen fahrend, – jetzt ist es Abend gegen sieben und der Tag dazwischen lang wie ein Tag aus der Genesis. Mein Hotel heißt Hôtel de Castilla, gilt für das beste hier und scheint brauchbar zu sein.

Viele, viele Grüße Ihnen und dem Fürsten, wo sind Sie? Wie geht es? Der Morgen war sehr sehr kalt, ich erschrak schon, so spät gekommen [zu] sein, aber bei Tag füllt die Sonne alles aus, was an Klarheit da ist. Genug, hier schlägt die berechtigte Müdigkeit über mir zusammen und entzieht mich Ihnen.

An Sidonie Nádherný
[Telegramm]
Toledo, 4/11/1912.

Arrivé Toledo Hotel Castilla naturellement beaucoup plus beau [?] sans comparaison, amitié.

Rainer

An Anton Kippenberg
Toledo, Hôtel de Castilla, am 4. November 1912

[...] schnell, lassen Sie sich erzählen, wie am Ende in München nichts nötig war, als nur dringend, nicht dort zu sein, sondern hier –, ich bin gereist, gereist, ohne Rücksicht, und nun, nun darf mans sagen – ists Toledo, ists Toledo. Ich merke jetzt, wie ich, seit lange, allen Dingen unrecht tat, indem ich von ihnen dies hier erwartete, ja forderte; und es rührt mich, wie sie sich weit herbeiließen, mir dies zu bedeuten und zu versprechen, aber ich lebte in lauter Vorgefühl, und nun erst ists wieder das Fühlen selbst. Liebe teilnehmende Freunde, Ihr erwartet nicht, daß ich beschreibe –: wie denn? Nur so viel: vollständig rein, mit der ganzen Prägung, wird mir wieder einmal mein Grundsatz ins Herz gedrückt, daß es keine Enttäuschung gibt; hier hab ich doch nun wirklich Erwartung auf Erwartung gehäuft, Anspruch auf Anspruch – vom obersten, meint man, müßte nun alles klein aussehen, überschätzt, anders: aber dies ragt und ragt und denkt nicht daran, irgend etwas zu erfüllen und hat seine Natur, als ob wir nicht mehr da wären.

Es wurde mir ... mitgeteilt, daß in dem Atelierhaus 17, rue Campagne Première (demselben, in dem ich den guten arbeitsamen Sommer verbrachte, bevor ich in die rue de Varenne zog), endlich etwas frei wird; dies kommt selten genug vor, und nach meiner Erfahrung gibt es (insofern Paris doch noch in Betracht kommen soll, und ich weiß schließlich immer noch nichts anderes) kein Haus, das mir durch seine Lage und Einteilung ähnlich entspräche; auch erwog ich schnell, daß es mir nach der spanischen Reise – mag sie nun länger oder kürzer dauern – ganz besonders wichtig sein wird, eine eigene unabhängige Arbeitsstelle vorzufinden, – dies alles zusammen führte den Entschluß herbei, der rasch gefaßt sein mußte (der Concierge wartete), und nun wird die Zukunft zu erweisen wissen, ob dies ein Leichtsinn oder eine Vorsicht war. Ich versuch es jedenfalls, mir vor der Hand keine Gedanken darüber zu machen ...

Die Schätze der letzten Insel-Sendung haben mir auf der Reise sehr gute Begleitung erwiesen und haben mir auch hier mein Zimmer vom ersten Moment an eigener gemacht. Ob nicht auch die neue (von uns geplante) Übertragung der Fünf Briefe der portugiesischen Nonne für die »Bücherei« passen würde? Aber wie viel und wie Schönes ist schon da, ich bewundere, wie Sie da unermüdlich eins nach dem andern durchsetzen [...]

An Marie von Thurn und Taxis
Toledo, Hôtel de Castilla, Spanien,
am 13. November 1912

Liebe Freundin, draußen im Gehen schreib ich Ihnen die schönsten Briefe, hier, zu Hause, frier ich und bin ein verdrießlicher Pedant und halte es mit hundert geringfügigen und beschämlichen Dingen –, aber dies sei nur konstatiert, bewahre, daß ich Sie davon unterhalte –, zu sagen ist viel mehr (ach, es ist doch gar kein Ausdruck dafür da), wie sehr hier alles im Außerordentlichen vor sich geht, im Überlebensgroßen, ich kann mir gar nicht vorstellen, wie Leute, denen dies nicht so rein, so unbedingt, so ohne allen Zweifel aufgetragen worden war, es sich erklären – ich meine: wofür sie es halten, wo sie es einräumen, was sie damit innerlich tun. »Eine Frau Himmels und der Erden« hat der Jesuit Ribadaneira (mit dessen Text wir in Duino den Dr. Rziha angeräuchert haben, so daß ihm die Augen direkt unscheinbar wurden) von der Jungfrau Maria gesagt, dies ließe sich an diese Stadt anwenden: eine Stadt Himmels und der Erden, denn sie ist wirklich in beiden, sie geht durch alles Seiende durch, ich versuchte neulich, der Pia es in einem Satz verständlich zu machen, indem ich sagte, sie sei in gleichem Maße für die Augen der Verstorbenen, der Lebenden und der Engel da, – ja, hier ist ein Gegenstand, der allen den drei so weit verschiedenen Gesichtern zugänglich sein möchte, über ihm, meint man, könnten sie zusammenkommen und eines Eindrucks sein. Diese unvergleichliche Stadt hat Mühe, die aride, unverminderte, ununterworfene Landschaft, den Berg, den puren Berg, den Berg der Erscheinung, in ihren Mauern zu halten, – ungeheuer tritt die Erde aus ihr aus und wird unmittelbar vor den Toren: Welt, Schöpfung, Gebirg und Schlucht, Genesis. Ich muß immer wieder an einen Propheten denken bei dieser Gegend, an einen, der aufsteht vom Mahl, von der Gastlichkeit, vom Beisammensein, und über den gleich, auf der Schwelle des Hauses noch, das Prophezeien kommt, die immense Sehung rücksichtsloser Gesichte –: so gebärdet sich diese Natur rings um die Stadt, ja selbst in ihr, da und dort, sieht sie auf und kennt sie nicht und hat eine Erscheinung.

Und was mich angeht mitten in alledem, so staun ich immer noch, wie sehr ich auf jedes Einzelne vorbereitet war, – etwa wie ich empfand, daß im Salone della Ragione in Padua in Bildern alles vorkommt, was draußen Leben und Geschäft und Not mit sich bringt, – so war alles da und gewöhnte mich, als ob mir diese Erscheinung ganz rein, ohne den Beigeschmack der Überraschung, sollte überlassen werden. Denken Sie, daß noch Cividale kommen mußte, als ein Versprechen des Tajo, ja, daß ganz zuletzt noch irgend jemand von einem Christophorus zu erzählen sich anstrengte, der in der Nähe Duinos die Höhe einer ganzen Kirche einnehmen soll: wo ich nun hier in der Kathedrale jeden Tag unter dem riesigen Cristóbal sitze, der auch wirklich bis an den Ansatz der Wölbung reicht.

Bis gestern war das klarste Wetter, und das Schauspiel der Abende vollzog sich in ruhiger Geräumigkeit, erst heute komplizierte sich der Himmel, gleich nach Mittag kam es zum Regnen, aber ein kalter verschlossener Wind unterbrach den Regen mitten im Satz, schob die Wolken aufwärts und drängte sie zu Massen über die schon gegen Westen geneigte Sonne, – und nach dem, was ich im weitern Verlauf zu sehen bekommen habe, muß ich mir (trotz meines körperlichen Anspruchs auf Wärme) solcher Vorgänge viele wünschen, – ich ahne, zu was für Bildungen die Atmosphäre hier greifen muß, um sich zum Bilde der Stadt gehörig zu verhalten: Drohungen ballten sich und ließen sich aus in der Ferne über den lichten Reliefs anderer Wolken, die sich ihnen schuldlos, imaginäre Kontinente, entgegenhielten –, das alles über der Öde der davon verdüsterten Landschaft, aber in der Tiefe des Abgrunds ein ganz heiteres Stück Fluß (heiter wie Daniel in der Löwengrube), der große Gang der Brücke und dann, ganz ins Geschehen einbezogen, die Stadt, in allen Tönen von Grau und Ocker vor des Ostens offenem und doch ganz unzugänglichen Blau, ach Fürstin, ich denke an den Sonnenaufgang, den Sie vom Fenster in Duino einmal so gut aufgeschrieben haben, und wünsche mir so viel Fassung in mein Herz, solchen Gegenständen gegenüber dazusein, still, aufmerksam, als ein Seiendes, Schauendes, Um-sich-nicht-Besorgtes ...

Grecos habe ich seither viele gesehen und einzelne mit sehr unbedingter Bewunderung; im ganzen aber ist er natürlich nun ganz anderswo innerlich einzuordnen; bisher, wo man ihn sah, bedeutete er alles dies, für den Hierseienden geht er zunächst im Vorhandenen unter, ist nur wie eine schöne Schnalle, die die große Erscheinung fester um die Dinge zusammennimmt, un cabochon énorme enchâssé dans ce terrible et sublime reliquaire –.

Heute Ihren großen Brief, liebe Fürstin, herrlich, wie Sie übersetzen, wie die Elegien in Ihnen Ebbe und Flut haben und erst recht durch Sie unter den Einfluß der Gestirne kommen. Nun bin ich weit genug, Sie sehen, meine Nähe ist es nicht, keine Ansteckung, sondern der Geist, für den niemand kann. Ich bin sicher, es formt sich da etwas Gesetzmäßiges, geben Sie nur nach und lassen Sie sichs nicht verdächtigen. Danke für alles, für die Abschrift der merkwürdigen Blätter unserer Unbekannten, für den Brief an den Prinzen Ratibor; sowie ich einmal nach Madrid gehe, geb ich ihn ab. Vor allem danke für alles, was Sie schreiben, ich sehe nun hier völlig keine Zeitungen, nur neulich einmal wandte ich mein bescheiden wachsendes Spanisch an, um zu verstehen, daß der Bulgare Herr in Konstantinopel werden dürfte, – und nun deuten Sie wirklich auf so Ähnliches hin, lieber Gott, aber das ist ja gegen alle Weltgeschichte, daß Konstantinopel, daß Stambul, daß Byzanz so nebenbei zu dieser balkanischen Unordnung dort unten mit hinzugehören soll. (Und ich habs nie gesehen.)

Erinnern Sie die herrlichen Orgeln hier in der Kathedrale? Und wie die alten Hakenbüchsen stehen die Posaunen aus ihnen heraus; das und die Gitter, die Gitter: ja, wär man nicht hergekommen, man hätte das ganze Leben lang gesagt: »Gitter, Gitter« wie ein Schaf, ohne sich was Wirkliches dabei vorzustellen, nun aber weiß mans, ein für allemal, und siehts und siehts im Schlaf.

An Marie von Thurn und Taxis
Toledo, Hôtel de Castilla,
Sonntag. [17. 11. 1912]

Liebe Fürstin, gestern abend kam Ihr Brief; ich hätte Ihnen am Liebsten gleich gesagt, wie ausgezeichnet ich die *Cortigiana* finde, aber ich habe zunächst wieder ein paar körperlich und nervös so herabgesetzte Tage –, die Akklimatisation ohne Zweifel, die nachkommt, die ja kommen mußte, und die nun rasch akut geworden ist durch den Wechsel des Wetters; wir sind einer recht aufdringlichen Kälte in die Hände gefallen und es giebt nichts, was auf mich mehr wie Schicksal wirkt als dieses penetrante Frieren, das mich nicht anders wehrlos findet als irgend einen jungen Hund, von dem noch nicht einmal recht entschieden ist, wie er heißt. Erbärmlich. Und diesmal liegts doch nicht an meiner Unbefangenheit der Heizung gegenüber, daß ichs nicht anders habe, ich weiß, man kann ein Kaminfeuer in Szene setzen, aber das verursacht mir wieder anderes Mißbehagen, so halt ichs mit der Natur und friere geradeaus vor mich hin. Es muß irgendwann, irgendwie belohnt werden als eine Form der Aufrichtigkeit und Hingabe. [...]

Ich lese vieles durcheinander diese Tage, ein Leben des Cervantes auf spanisch (als erstes Wagnis in dieser Richtung) [...]

An N. N.
Toledo (Spanien), Hôtel de Castilla.
am 17. November 1912

Was Sie meine »Welt« nennen, liebes Kind, – das reicht vorderhand nicht hin, jemanden zu nähren und zu erhalten, gerade dagegen muß man Gleichgewichte aufnehmen, um im ganzen zu sein. Mag sein, daß aus den Fragmenten, die man nach und nach vor sich bringt, einmal, im Überblick, ein Welthaftes wird zu gewahren sein, – aber das hat noch gute Wege bis dahin, ich bin gerade jetzt mehr als je im Einseitigen, die Klage hat vielfach überwogen, aber ich weiß, man darf die Klagesaiten nur dann so ausführlich gebrauchen, wenn man entschlossen ist, auf ihnen, mit ihren Mitteln, später auch den ganzen Jubel zu spielen, der hinter jedem Schweren, Schmerzhaften und Ertragenen anwächst und ohne den die Stimmen nicht vollzählig sind –.

Sie werden staunen, mich hier zu finden, ein alter Wunsch hat sich endlich durchgesetzt, und ich sah gleich am ersten Tag, daß hier vieles ist, was ich seit lange brauche.

An Anton Kippenberg
Toledo, Hôtel de Castilla (Spanien),
am 20. November 1912

Mein lieber Freund, ... Ja, das ist gewiß, daß dieses alles hier eine eigene Wichtigkeit für mich hat, aber es ist natürlich herrlich, daß Sie das selber sagen und mich im Hiersein so generös beruhigen und bestärken. – Freilich, wenn Sie fragen, wie lang ich in Toledo bleiben werde, so bin ich um die Auskunft verlegen – nun, da ich herumgehen kann, als ob ich die Stadt kennte, laß ichs so kommen, wie es mag. Nur hab ich nun schon erfahren dürfen, wie streng sich die Kälte hier zu verstehen gibt, und dieses Experiment war von der Art, daß ichs doch für wahrscheinlich halte, daß ich nach einer Weile Sevilla oder Granada, sei es auch nur als Unterbrechung des hiesigen Aufenthalts, ins Programm hereinnehme.

An Alexander Fürst von Thurn und Taxis
Toledo, Hôtel de Castilla, Spanien,
am 25. November 1912

... Was mich angeht, so ists jedenfalls merkwürdig, wie stark ich meine bisherigen Reisen als Vorbereitung auf diese (lang gewünschte) empfinde, fast wie Wörterbücher dienen sie mir jetzt, um hiesige Dinge nachzuschlagen –, nur ists eine Sünde hier, wenn man, wie ich, den gymnastischen Menschen in sich so hat verkümmern lassen, – hier müßte man Reiter sein und etwas recht Festes und Unabhängiges, das wäre gleich eine ganze Epopöe in diese freien Berge hinein zu reiten, hélas, – und was mich weiter kränkt, ist mein vollkommener Analphabetismus in der Musik, jeden Sonntag geh ich in eine kleine mozarabische Pfarre ein Salve anhören, das wohl an die tausend Jahre alt ist, im Lauf der Zeiten zwischendurch geriet es in Vergessenheit, aber da sangen es die Engel, wie es heißt, bis die Leute, erschrocken und beschämt, wieder die Tradition fortsetzten; nun ists mein Hintergedanke, die beiden dicken Psalmodierer könnten mal verhindert sein, ich würd es zu gern von den Engeln hören, aber auch so, es geht mir sehr nah, wie alle ganz alte Musik, es stößt wie der Wind in die Welt hinein, ganz als bliese es so für sich, auch wenn wir nicht da wären. Und das ist doch wohl Musik!

An Sidonie Nádherný
Toledo, Hotel de Castilla, Spanien.
am 26. Nov. 1912.

Über drei Wochen ist es her, liebste Freundin, seit ich Ihnen mein sehr aufbegehrliches Telegramm sandte, – nach Janowitz, (haben Sie's erhalten?) wieviel hab ich seither zu schauen und zu staunen gehabt, vor allem zu staunen: wer von diesem nicht große Vorräthe hat, ich weiß nicht, wie ders hier leistet. Ich kanns Ihnen auch gar nicht vorstellen, wie es ist, diese auf einem von lauter ungebändigten Bergen sich haltende Stadt –, nur daß Sie den Laokoon gesehen haben, darauf mag ich mich berufen: denn so ist es. Manchmal geh ich gegen Abend da drüben in den Felsen und Bergtrümmern herum, nur die tiefe schmale Flußschlucht zwischen mir und der wie ein Auferstehender (wie Lazarus der aufersteht auf dem Rembrandt'schen Blatt) angeschienenen Stadt, drüben wo die Landschaft sofort ausbricht und wie ein Löwe ist, überall wie ein Löwe vor jedem Thor – – –, geh dort auf und ab, wo Propheten gehen könnten, und wend mich eine Weile weg von dem aufgerichteten Anblick und drück die Augen zu und sag: So, nun will ich mirs innen vorstellen, und wirklich, ich stell mirs unbeschreiblich vor, aber, wenn ich dann wieder hinseh: so ist es um so vieles mehr, so ganz drüber hinaus, daß ich daran verzweifle, es je als Gleichnis in mir mitzunehmen. Wie man ein Gespenst nicht beschreiben kann, sondern immer wieder nur seinen Schrecken daran erzählt, wie Moses nicht der Erscheinung mächtig war, sondern erschrak und verstummte und nur den Widerschein davon vor sich her auf seinen Zügen trug – so bäumt sich einem das Herz vor dieser Stadt, und mehr wird man nie sagen können als dies und nichts beweisen.

Liebe Freundin, Sie müssen mirs also glauben auf so ein

Stammeln hin, übrigens geh ich trotzdem bald weiter nach Süden, denn die Kälte ist hart hier im inneren Spanien und giebt jetzt schon manches auszustehen, trotzdem die klarsten Tage sind und die Sonne zu ihren Stunden Wunder thut. Dafür legt nun auch der volle Mond sein Gesicht an die Dinge und der kältet sie aus, daß sie am Morgen ganz blaß in die Frühe stehen.

Aber nun wirds der 2. Dezember –, ich schreibe heute schon, liebe Sidie, Gott weiß, wie lange der Brief unterwegs bleibt: es macht mich ein wenig besorgt, daß ich mir gar nicht vorstellen kann, *wo* er Sie erreicht, denn so sicher ich bin, daß die gedachten Wünsche Sie finden, wenn ich sie nur so geradeaus hinfühle, so hab ich doch den Ehrgeiz auch mit den geschriebenen sicher und rechtzeitig bei Ihnen zu sein Wo? wo? – Weniger als je, können Sie sich denken –, lese ich hier Zeitungen, ich seh keine hier herumliegen, die ich ohne Mühe und Zweifel verstünde, auch sinds so kleine toledanische Journale, die immer aussehen, als könnten sie von vor drei Jahren sein. Ich weiß also rein nichts, aber von da und dort dringt es in Tropfen und Gerüchen zu mir durch, daß der Krieg da unten nicht fertig ist, daß Konstantinopel ich weiß nicht welchem kleinen Balkaner da unten zufällt, kurz daß unmögliche Dinge geschehen, von denen Sie sich, hoff ich, sehr fern halten. Es ist seltsam wie die heutige Zeit voller Veränderungen heraufkommt: Konstantinopel, das war doch wie ein Sternbild –, und nun kommt es, wie auf einer Auktion, in irgendwelche Hände. Seit die Menschen meinen, allein auszukommen, ziehn sich die großen Kräfte wirklich zurück und die Ereignisse stoßen sich untereinander herum wie die Schuljungen.

An Elsa Bruckmann
Toledo, Hôtel de Castilla, Spanien.
am 28. Nov. 1912

Sie müssen beide einmal kommen und sehen oder staunen, denn man leistets mit dem Staunen vor allem, je mehr man davon aufbringt, desto näher reicht man hier an die Dinge heran; Sie müssen sich eine Realität denken, die völlig das Unerhörte, den Auftrag einer Erscheinung an sich hat, – ab und zu abends nehm ich ein Buch, versuchs mit Cervantes, aber schließlich ist ein einziges unter diesen Umständen möglich: das Alte Testament, der Maßstab ist fast der gleiche, man schlägt die Bibel auf und liest in der Landschaft weiter, einer Landschaft, die nicht redet, die prophezeit, über die der Geist ihrer Großheit kommt, überall, vor jedem Tor bricht sie in Größe aus, und die Stadt selbst ist so unmittelbar ohne eine Schicht, die sie isoliert, auf die Erde, auf die erschaffene Erde gestellt, wie auf alten Kupfern der Turm zu Babel.

Ich rede, ich rede, und es kommt nichts dabei heraus; wirklich, man denkt an keine Geschichte bei dieser Stadt, sie hat nur Legende; ein Eremit und ein wildes Tier verständigten sich zur Bestattung der ägyptischen Maria, so, meint man, müßten auch hier ein Heiliger und ein Löwe gemeinsam am Werk gewesen sein, damit dies entstehen konnte . . .

[AN DIE ERWARTETE]

. . . . .
komm wann du sollst. Dies alles wird durch mich
hindurchgegangen sein zu deinem Atem.
Ich habs, um deinetwillen, namenlos
lang angesehen mit dem Blick der Armut
und so geliebt als tränkst du es schon ein.

Und doch: bedenk ichs, daß ich dieses, mich,
Gestirne, Blumen und den schönen Wurf
der Vögel aus nachwinkendem Gesträuch,
der Wolken Hochmut und was nachts der Wind
mir antun konnte, mich aus einem Wesen
hinüberwandelnd in ein nächstes, – daß
ich eines nach dem andern, denn ich bins,
bin was der Tränke Rauschen mir im Ohr
zurückließ, bin der Wohlgeschmack, den einst
die schöne Frucht an meinen Lippen ausgab, –
daß ich dies alles, wenn du einmal da bist,
bis rückwärts zu des Kindes niederm Anblick
in Blumenkelche, da die Wiesen hochstehn,
ja bis zu einem Lächeln meiner Mutter
das ich vielleicht, gedrängt von deinem Dasein,
annehme wie Entwendetes –, daß ich
dann unerschöpflich Tag und Nacht soviel
entbehrend angeeignete Natur
hingeben sollte –, wissend nicht, ob das
was in dir aufglüht Meines ist: vielleicht
wirst du nur schöner, ganz aus eigner Schönheit
vom Überfluß der Ruh in deinen Gliedern,
vom Süßesten in deinem Blut, was weiß ich,
weil du dich selbst in deiner Hand erkennst,

weil dir das Haar an deinen Schultern schmeichelt,
weil irgendetwas in der dunkeln Luft
sich dir verständigt, weil du mich vergißt,
weil du nicht hinhörst, weil du eine Frau bist:
wenn ichs bedenke, wie ich Zärtlichkeit
getaucht ins Blut, ins nie von mir erschreckte
lautlose Herzblut so geliebter Dinge

. . . .

. . . .

Toledo, November 1912

An Marie von Thurn und Taxis
Sevilla, Hôtel de Madrid,
am 4. Dezember 1912 [Mittwoch]

Vor ein paar Tagen, Fürstin, drei oder vier, hab ich Ihnen wieder einen langen Brief in Gedanken geschrieben, einen ganzen Nachmittag lang mit wenig Unterbrechungen, schade, daß nichts davon sich abgebildet hat. Das war in Cordoba, – aber, da merk ich, Sie wissen ja noch gar nicht, daß ich wieder unterwegs bin, und so muß ich mich erst bemerkbar machen und rufen und winken, daß Sie mich, um alles in der Welt, nicht verlieren, Fürstin. *Hier, hier, Sevilla.*

Genau vier Wochen war ich in Toledo, ich sahs zuende gehen, konnte nichts dagegen thun; ähnlich wie wenn ich als Kind Musik hörte und wünschte, es möchte immer weiter dauern: auf einmal fingen die Geigen an, zu unterstreichen und das war nur noch wie ein Ausholen zu dem einen starken Strich unter das Ganze, hinter dems zu Ende war. So war auch dort, alles, was man noch that und versuchte, ein Unterstreichen, ich begriffs und ging herum und lockerte mich. Ein bischen wars ja die Kälte, die den Abschluß machte, das heißt, nicht als ob es an Sonne gefehlt hätte, aber es war kein Verhältnis zwischen ihr und dem spröden Stoff, aus dem die Luft bestand, man konnte aus beidem zusammen keine Athmosphäre bilden, in der sich wohnen ließ. Ich fühlte mich die ganze Zeit nicht besonders, so gab ich nach, reiste, wir wollen sehen, wie weit das führt und wozu.

Von Sevilla, offengestanden, hab ich, abgesehen von Sonne, nichts erwartet, und es giebt mir auch weiter nichts; wir haben einander nichts vorzuwerfen. Schon Théophile Gautier fand, wie ich heute las, den gewissen Reim »*maravilla*« sehr übertrieben und wirklich, zum ersten Mal in Spanien find ich es hier durchaus nicht wunderbar sondern von ganz erklärlicher Natur. Die Jahreszeit mag ja alledem eine Verführung hinzufügen, die es auf den Winter zu nicht hat, jeden Falls sind die Gärten jetzt, wie ein Tisch, von dem man eben aufgestanden ist, und alles sieht schlecht und kleinstädtisch aus und ist kommerzial und voller Nebengedanken.

Toledo verwöhnt, und selbst Cordoba noch. Diese Moschee; aber es ist ein Kummer, ein Gram, eine Beschämung, was man daraus gemacht hat, diese in das strähnige Innere hineinverfitzten Kirchen, man möchte sie auskämmen wie Knoten aus schönem Haar. Wie große Brocken sind die Kapellen der Dunkelheit im Hals stecken geblieben, die darauf angelegt war, Gott fortwährend mild zu verschlucken wie Saft einer Frucht die zergeht. Noch jetzt wars rein unerträglich, die Orgel und das Respondieren der Chorherren in diesem Raum zu hören (*qui est comme le moule d'une montagne de Silence*), das Christenthum, dachte man unwillkürlich, schneidet Gott beständig an wie eine schöne Torte, Allah aber ist ganz, Allah ist heil.

[...] (Vor einem Jahr an diesem Tag sangen Sie mir den Pergolesi, der mich so an Greco denken ließ.) Übrigens ja, ich sah noch viel Greco in Toledo, mit immer mehr Einsicht und immer reinerer Ergriffenheit; ganz zum Schluß die Himmelfahrt in San Vincente: ein großer Engel drängt schräg ins Bild hinein, zwei Engel strecken sich nur, und aus dem Überschuß von alledem entsteht purer Aufstieg und kann gar nicht anders. Das ist Physik des Himmels.

An Sidonie Nádherný
Hotel Reina Victoria
am 11. Dez. abends, Ronda [1912].

Liebste Freundin, es ist noch immer wie es von Anfang an zwischen uns galt, daß ich Ihre Briefe fühle ehe sie da sind; einen weiten Weg in die freien Berge machend diesen Nachmittag, wars im Gedanken, fast in der Sorge um Sie, nahezu im Wunsche, sie herzurufen –: und nun nachhausekommend, find ich unter meiner Post (der ersten, die mich hier erreicht, wo ich seit vorgestern abend erst bin; viel weiter im Süden nun, drei Bahnstunden nur von Gibraltar –) Ihren Brief. [...]

Schreiben Sie mir oft, Gutes und Besorgliches, wie es kommt; die Adresse ist Ronda, Hôtel Reina Victoria, Spanien. In Toledo war ich, genau vier Wochen, ungern ging ich fort, beständig zurückschauend, aber die Kälte trieb, und ich fühlte mich nicht gut, körperlich nicht und nicht in der Seele. Seither war ich in Cordoba und (mit wenig Freude) in Sevilla; hier ist starke herrliche Luft, Berge wie aufgeschlagen um Psalmen daraus vorzusingen, – und auf eine Bergplatte gehäuft eine der ältesten und seltsamsten spanischen Städte. Wenn ich mich gut fühle, möcht ich eine Weile bleiben, aber ich wags noch nicht zu entscheiden.

An Marie von Thurn und Taxis
Hotel Reina Victoria, Ronda, Spanien,
am 17. Dezember 1912

Ich sehne mich nach einem Brief von Ihnen, verehrte Freundin, Gott weiß, wo der herumgeht – und der letzte, den ich Ihnen schrieb, ist mir ganz unrecht in der Erinnerung; was darin durchaus lebendig war, war doch nur wie aufgewärmtes Essen aus jenem in Cordoba nur in Gedanken geschriebenen Brief, im übrigen prägte sich nichts ab als meine Unzufriedenheit mit Sevilla, mit mir, mit mir und zehnmal mit mir. Es gab wieder eine Reihe recht verdrießlicher Tage, Schmerzen körperlich und die Seele so wenig zum Aushalten gestimmt, wenn ich zufällig irgendein »Zuhause« hätte, ich wäre unbedingt nach Hause gefahren, denn zu jeder Reise, zumal zu einer durch Spanien, brauchts ein gewisses Gleichgewicht, die Gewißheit, sich auf sich verlassen zu können, aber mir stürzt die Welt jeden Augenblick völlig ein, innen im Blut, und steht dann draußen eine ganz fremde herum, so ists eine Fremdheit über die Maßen. Ich nehm mir vor, Fürstin, ich muß dem Grund dieser Malaise auf die Spur kommen, die Quelle entdecken, aus der immer wieder Übel nachkommt; kaum daß ich irgendwo ein kleines Beet habe, schon steigt diese Trübnis und überschwemmts und läßts trostlos zurück. Und ich weiß, daß da der Arzt helfen kann, nicht ich, wenns nur der rechte wäre, – bei mir ist alles zu sehr aus einem Stück, als daß ich irgendwo leiden könnte und anderswo leisten, ich bin im Grunde so gar nicht wehfreudig, ein Schmerz nimmt mir die Welt, darum taug ich auch so völlig nicht zum Heiligen und habe nicht die mindeste Aussicht, je diesen guten Geruch zu verbreiten. (Sie habens ja erkannt und ausgesprochen, es war unerschöpflich richtig.) Übrigens müssen Sie wissen, Fürstin, ich bin seit Cordoba von einer beinah rabiaten Antichristlichkeit, ich lese den Koran, er nimmt mir, stellenweise, eine Stimme an, in der ich so mit aller Kraft drinnen bin, wie der Wind in der Orgel. Hier meint man in einem Christlichen Lande zu sein, nun auch hier ists längst überstanden, christlich wars, solang man hundert Schritte vor der Stadt den Mut hatte, umzubringen; darüber gediehen die vielen anspruchslosen Steinkreuze, auf denen einfach steht: hier starb der und der, – das war die hiesige Version Christentums. Jetzt ist hier eine Gleichgültigkeit ohne Grenzen, leere Kirchen, vergessene Kirchen, Kapellen, die verhungern, – wirklich, man soll sich länger nicht an diesen abgegessenen Tisch setzen und die Fingerschalen, die noch herumstehen, für Nahrung ausgeben. Die Frucht ist ausgesogen, da heißts einfach, grob gesprochen, die Schalen ausspucken. Und da machen Protestanten und amerikanische Christen immer noch wieder einen Aufguß mit diesem Teegrus, der zwei Jahrtausende gezogen hat, Mohammed war auf alle Fälle das Nächste; wie ein Fluß durch ein Urgebirg, bricht er sich durch zu dem einen Gott, mit dem sich so großartig reden läßt jeden Morgen, ohne das Telephon »Christus«, in das fortwährend hineingerufen wird: Holla, wer dort? – und niemand antwortet.

Nun stellen Sie sich vor, Fürstin, ich bin drei Stunden von Gibraltar, fünf, wenn gutes Wetter ist, von Tanger –, wie michs in dieser Stimmung versucht, einmal hinüberzufahren zu den Mohren; andererseits fürcht ich, es legt sich dann eine Tünche von Licht über das dunkle, tonrote Spanien. – Vorderhand bin ich hier in Ronda (seit einer Woche), ich schickte Pascha gleich ein paar Abbildungen, so sehr schien mirs wahrscheinlich, daß die unvergleichliche Erscheinung dieser auf zwei steile Felsmassen, die die enge tiefe Flußschlucht trennt, hinaufgehäuften Stadt seinem Traumbild recht gäbe; es ist unbeschreiblich, um das Ganze herum ein geräumiges Tal, beschäftigt mit seinen Feldflächen, Steineichen und Ölbäumen, und drüben entsteigt ihm wieder, wie ausgeruht, das reine Gebirg, Berg hinter Berg, und bildet die vornehmste Ferne. Was die Stadt selbst angeht, so kann sie in diesen Verhältnissen nicht anders als eigen sein, steigend und fallend, da und dort so offen in den Abgrund, daß gar kein Fenster hinzuschauen wagt, – kleine Paläste hinter Krusten von jährlicher Weiße, jeder mit farbig abgesetztem Portal, und unterm Balkon das Wappen mit etwas gedrückter Helmzier, aber im Schild deutlich, ausführlich und voll wie ein Granatapfel.

Hier wäre nun freilich auch der Ort, recht spanisch zu leben und zu wohnen, wäre nicht die Jahreszeit, wäre nicht meine mühsälige Unlust, mich mit andern Beschwerden als den nötigsten (angebornen und eifrig angeeigneten) einzulassen –, zum Überfluß hat der Teufel den Engländern eingegeben, hier ein wirklich ausgezeichnetes Hotel zu bauen, in dem ich natürlich nun wohne, neutral, teuer und wie es sich der und jener wünschen würde, und dabei bin ich schamlos genug, zu verbreiten, daß ich in Spanien reise.

Ich sage Ihnen, Fürstin (nein, nein, Sie müssen mirs glauben), es muß mit mir anders werden, von Grund aus, von Grund aus, sonst sind alle Wunder der Welt umsonst. Seh ich doch gleich hier wieder, wieviel an mich verschwendet ist und rein weg, die heilige Angela hat es ähnlich erfahren –, quand tous les sages du monde – sagt sie – et tous les saints du paradis m'accableraient de leurs consolations et de leurs promesses, et Dieu lui-même de ses dons, s'il ne me changeait pas moi-même, s'il ne commençait au fond de moi une nouvelle opération, au lieu de me faire du bien, les sages, les saints et Dieu exaspéreraient au delà de toute expression mon désespoir, ma fureur, ma tristesse, ma douleur et mon aveuglement. Dies hab ich vor einem Jahr im Buch angezeichnet, denn ich begriffs mit dem ganzen Gemüt, und, ich kann mir nicht helfen, es ist seither nur noch gültiger geworden.

Heute, da ich diese Berge sah, diese Hänge, aufgeschlagen in der reinsten Luft, wie um daraus vorzusingen, da mußt ich mir sagen, zu welcher Freude mich das noch vor drei Jahren angetrieben, wie es mich in lauter pure Freude verwandelt hätte –, nun ists, als wäre mein Herz um Meilen hinausgerückt, ich seh viele Dinge, die aufbrechen und die Richtung nehmen darauf zu –, aber ich erfahre nicht, daß sie ankommen. Ach, ich bin nicht ganz drüber hinaus, die »nouvelle opération« von einem menschlichen Eingriff zu erwarten, und doch wozu, da es mein Los ist, gleichsam am Menschlichen vorbei, ans Äußerste zu kommen, an den Rand der Erde, wie neulich in Cordoba, wo eine kleine häßliche Hündin, im höchsten Grade vormutterschaftlich, zu mir kam; es war kein rühmliches Tier, und sicher war sie voll zufälliger Junge, von denen kein Aufhebens gemacht worden sein wird; aber sie kam, da wir ganz allein waren, so schwer es ihr fiel, zu mir herüber und hob ihre von Sorge und Innerlichkeit vergrößerten Augen auf und begehrte meinen Blick, – und in dem ihren war wahrhaftig alles, was über den Einzelnen hinausgeht, ich weiß nicht wohin, in die Zukunft oder ins Unbegreifliche; es löste sich so, daß sie ein Stück Zucker von meinem Kaffee abbekam, aber nebenbei, o so nebenbei, wir lasen gewissermaßen die Messe zusammen, die Handlung war an sich nichts als Geben und Annehmen, aber der Sinn und der Ernst und unsere ganze Verständigung war grenzenlos. Das kann doch nur auf Erden geschehn, es ist auf alle Fälle gut, hier willig durchgegangen zu sein, wenn auch unsicher, wenn auch schuldig, wenn auch ganz und gar nicht heldenhaft, – man wird am Ende wunderbar auf göttliche Verhältnisse vorbereitet sein.

Wie mich die kleinste Vogelstimme draußen trifft und angeht, lieber Gott, daß es Frühling würde, und ich käme irgendwo mit allen Sinnen an die Natur, – ich hab mir ein so seltsames Tal entdeckt, eine Art Jagdpark des Marquis de Salvatierra, fast nicht angelegt, nur so umgeordnet, daß die Hasen sich nicht mehr ganz auskennen, wie aus einem Traum oder wie aus den »Wahlverwandtschaften«; ich mache weite weite Wege –, aber am meisten erkenn ich mich noch in der Fügung der ersten Ausgänge an jedem Ort, – selbst in Sevilla, wo sonst nichts stimmte, fing ich, weiß Gott wieso, mit dem Altmännerhospiz der Caritad an, es war Morgen, in den langen heiteren Sälen saßen die Alten um das Kohlenbecken oder standen einfach fertig herum wie Spielsachen, zwei lagen zu Bett und ruhten vom Leben aus, als hätten sie dazu den Aufwand des Sterbens gar nicht nötig, aber auf den andern schöngemachten Betten, überall auf derselben Stelle der blumigen Bettdecken, lagen je zwei von den riesigen blassen spanischen Weißbroten, friedlich in ihrem augenscheinlichen Überfluß, die pure Vergeltung und gar nicht mehr im Schweiß des Angesichts zu essen.

Hier war die Kirche San Francisco, draußen in der südlichen Vorstadt, das erste, was ich mir entdeckte, davon erzähl ich Ihnen ein anderes Mal; es ist überhaupt Zeit, daß ich schließe und gute Weihnachten sage, ich werde viel zu Ihnen hindenken –, Zeitungen seh ich nicht, aber hoffentlich haben Sie keine Kriegsbedenken mehr, aus dem lieben guten Brief des Fürsten, der mich mit der ersten Post erreichte, die mich in Ronda eingeholt hat, seh ich, daß er Hoffnung hat und daß niemand recht einsieht, wozu ein Krieg gut sein soll...

Fürstin, Ihr Brief! Das heiß ich gerufen kommen. Ich schreibe gleich weiter, ohne jetzt die Gedichte zu lesen und zu besprechen (ich muß des deutschen Textes erst in meinem Gedächtnis habhaft werden, um vergleichen zu können), denn ich seh, daß Ihre Zeilen (allerdings mit der kleinen Verzögerung in Sevilla) *sechs* Tage gebraucht haben, und, festlich oder nicht, so hab ich doch die Ambition, dieses möchte Weihnachten bei Ihnen sein. Es ist schrecklich, daß die Kriegsgefahr immer noch nicht aus der Luft ist, die Politik legts doch sonst darauf an, schnell zu sein, es ist ein schlechter Spaß, wenn sie langsam wird wie der liebe Gott.

Was Sevilla betrifft, so sind wir bis zuletzt nicht zusammengekommen, gar nicht, obwohl die Sevillaner das Marienfest sehr persönlich nahmen und eine ganze Oktave von Zeremonien bevorstand, deren Anfang ich gerade noch mitmachte. Mir war die Kathedrale so von Grund aus zuwider, ja feindlich, nirgends wirds ernst, es ist etwas Vages, Ausweichendes in diesem ehrgeizig hinaufgebauten Dom, ein Geist des Übertrumpfens, der auch Gott noch übertrumpfen und ihn, gewissermaßen, von oben zu fassen bekommen möchte. Und die infame Orgel machte den Raum so süß mit ihrer verhätschelten Stimme, daß den kolossalen Pfeilern ganz schwach wurde, es war einem gleichgültig, dieses Steinerweichen, ein Kunststück, mochte es so weit gehen, wie es wollte.

Sahen Sie Bücher, Fürstin? Abends manchmal (der Blutzudrang zu den Augen ist so stark, daß ich nicht viel lesen kann) lese ich den Don Quichotte in deutscher Übertragung und finde ihn eher kindisch; künstlerisch verstanden hat ja dieses Buch überhaupt keine Grenzen, sondern etwa nur die, die eine geistvolle erfinderische Verkleidung in Wirklichkeit haben würde –, und die sind leichtsinnig bei weitem überschritten.

An Sidonie Nádherný
Hotel Reina Victoria
Ronda, am 18. Dezember [1912]

Liebste Freundin, Weihnachten und ich kommen – sehen Sie nur – mit rein leeren Händen, mein Marien-Leben wird erst in zwei, drei Monaten da sein und unter den andern

Büchern, ich fühl es förmlich, ist sicher eines, das Ihnen gehört, – aber wie seiner hier habhaft werden? Seit München hab ich nicht von Büchern gehört und auch dort mich nicht gut genug umgesehen …

Nehmen Sie mich also als den Armen, der ich bin, meine Wünsche sind bei Ihnen und Gott weiß, daß sie glänzen und schimmern würden unterm Christbaum, wenn eine Fee, die alles kann, ihnen für den Augenblick Schwere und Bürgerlichkeit von Dingen verliehe.

[…] Was Ihre Pläne angeht, so denk ich so viel daran, jeden Tag. Fast mein ich, Sie sollten nun nicht auf dem früher Gewollten und so manigfach Unterbrochenen bestehen (für Griechenland ist doch nicht der Moment und Sizilien war nur ein Sprungbrett und ein Vorraum dafür –), sondern eher etwas ganz Neues unternehmen, das so weit führen kann, wie Sie dann wollen und brauchen, und warum, – (sagte ich mir noch diese Nacht) sollten Sies nicht von vornherein mit Spanien aufnehmen?; soweit ich es jetzt versteh, weiß ich, es wird Ihnen unbeschreiblich reich werden, freilich müßten Sie (selbst hier unten) auf Kälte gefaßt sein, neben mittleren, zu vielem Gehen bequemen Kleidern allerhand starke Mäntel und Umhänge mithaben, eine gelegentliche Regenzeit nicht fürchten oder beklagen und Ihr Griechisch außer Gebrauch stellen. Sie müßten dann, meiner Meinung nach, ganz im Süden Spaniens beginnen und mit dem Frühling aufwärts ziehen. Was Ronda selbst angeht, die merkwürdige alte Stadt auf ihrem Felsenbau inmitten eines weiten Umkreises großer freier Berge, so halt ichs für ausgemacht, daß sie Ihnen Freude machen würde und, so spanisch sie ist, wäre sie doch ohne große Vorbereitung durch andere Orte schön und verständlich. Die Engländer haben hier seit ein paar Jahren dieses gut und hoch gelegene Hôtel eingerichtet, das ausgezeichnet geführt ist und Ihnen, vom ersten Tag an, vertraut und sympatisch wäre, so daß, von diesem Stützpunkt aus, die Fremde so fremd sein dürfte, wie sie nur Lust hat. Gibraltar ist kaum 3 Bahnstunden weit, und von dort sind nur zwei Stunden Überfahrt nach Tanger: so daß auch dies erreichbar wäre und, was Bosnien mit seinen Moscheen Ihnen versprach, groß und als volle Erfüllung mit ins Programm zu fassen sein dürfte.

In alledem, wie ich's da ausführe, spielt zunächst kein egoistischer Nebengedanke mit, denn, so thöricht es ist, es einzugestehen, seit ich mich wieder alle diese Wochen wenig gut fühle, hats etwas Bedrückendes und Ängstliches für mich, zu sagen, daß ich irgendwo *bleibe*; zwar hat Ronda viel für mich bereit und, abgesehen von allem, macht die reine hohe, wenn auch sehr frische Luft, in die sich viel Sonne mischt tagsüber, einen längern ruhigen Aufenthalt rathsam –, trotzdem wenn ich feststellen soll, daß es Wochen, daß es ein Monat sein wird, so ist mir ganz bange über soviel Bindung. Auch weiß ich nicht, wann sie etwa aufbrechen würden. Jedenfalls bedenken Sie's, liebste Freundin, wie groß die Freude wäre, sich hier irgendwo zu begegnen, dafür muß ich Ihnen nicht erst den Maßstab nennen; nur fahren Sie bei allem fort, mich für den unberechenbarsten Menschen zu halten, der nirgends sicher ist und das Unerträglichste, Zuwiderste sein kann, das es auf aller Erde, rechts und links, giebt.

In jedem Fall denk ich mir, daß Sie, wenn Sie dergleichen unternehmen, von einem deutschen oder holländischen Hafen zu Schiff sei es nach Cadiz, Gibraltar oder Málaga reisen, jenachdem wohin gerade der beste Dampfer zu ihrer Zeit sich wendet, damit Ihnen die langen umständlichen Eisenbahnfahrten herunter erspart bleiben, aufwärts leisten Sie's dann leicht in kleinen Etappen, protegiert von der vornehmsten Jahreszeit.

Alles was ich, unentschlossener, von mir dawider bestimmt auszusagen weiß, ist, daß ich über Weihnachten und Jahresbeginn hier in Ronda bin, und wenn ich das Nächste weiß, so erfahren Sies als Erste. Möglich wärs immerhin, daß ich mich hier wohnen lasse, es wäre sogar ganz der Ort für lange, ich seh in den kleinen alten Palacios viele Wohnungen angeschlagen, aber das müßte dann natürlich Frühling sein, wo alles leichter wird, und man müßte Lust, Muth und Freude haben, sichs langsam anzueignen und anzupassen. Ich will morgen sehen, noch ein paar Photographieen zu finden, die imstand sind, es Ihnen deutlicher zu machen, vielleicht ist es ein Ort, mit dem sich die Vorstellung »Untertauchen im Fernsein« merkwürdig gut verbindet, es geht mir nach als wirkliche Möglichkeit für das, was Sie brauchen.

An Anton Kippenberg
Hôtel Reina Victoria, Ronda, Spanien,
am 18. Dezember [1912]

Lieber Freund, nun müssen Sie mich noch ein wenig weiter gegen Süden suchen, auf Gibraltar zu, von dem ich kaum drei Stunden Postzug entfernt bin, in Gesellschaft einigermaßen großer Berge, am Rande einer der ältesten und seltsamsten spanischen Städte, der gegenüber ich mir nichts vorzuwerfen habe, als daß ich in einem neutral europäischen Hotel wohne, das die Engländer vor ein paar Jahren eingerichtet haben, in Rücksicht auf die Sommergäste, die Algeciras und Gibraltar jährlich heraufsenden, – das aber auch jetzt im Gange ist. Zu einer anderen Jahreszeit hätte ich gewiß versucht, spanischer (und billiger) zu wohnen, aber die starke klare Bergfrische ist auch hier am offenen Kaminfeuer (das ich leider nie sehr gut vertrage) noch empfindlich genug, und ich habe wieder ein paar weniger günstige Wochen, gesundheitlich, durchzumachen gehabt, meine alten Schmerzen in Stirn, Schläfen, Augen, durch Blutzudrang hervorgerufen, und ein paar andere Übelstände hinzu, außerdem war Sevilla mir merkwürdig unangenehm, ich sehe schon, daß auch hier die Dinge, die offenkundig im Ruf der Schönheit stehen, mir weniger bedeuten –, und so trifft es sich wunderbar, daß ich Ronda gefunden habe, in dem alles Erwünschte sich zusammenfaßt: die spanischste Ortschaft, phantastisch und überaus großartig auf zwei enorme steile Gebirgsmassive hinaufgehäuft, die die enge tiefe Schlucht des Guadiaro auseinanderschneidet; die starke reine Luft, die über das weiterhin geöffnete, von Feldern, Steineichen und Ölbäumen freundlich ausgenutzte Flußtal aus den, die spannendste Ferne bildenden Gebirgen herüberweht –; schließlich das bequeme, geläufige Hotel, in dem ich vor der Hand sogar ganz allein bin (was indessen, wie ich höre, nicht von Dauer ist): Sie werden begreifen, daß alles das mich bestimmt hat, ohne zunächst weiterzuplanen, Weihnachten, womöglich auch das neue Jahr, innerhalb dieser Umstände abzuwarten ...

An Lou Andreas-Salomé
Ronda, Spanien, Hotel Reina Victoria,
am 19. Dezember 1912

Liebe Lou, es kommt leise, ohne Aufsehen, auf Weihnachten zu, auch hier, – laß mich Dir schreiben. Ich habe mich wieder einmal ganz auf dem Herzen, mit dem ganzen Gewicht und mit der Schwere ich weiß nicht welcher Dinge –. Das letzte, was Du von mir hörtest, war durch Gebsattel, aber ich zweifle, daß er Dir die rechte Vorstel-

Rilkes Zimmer im Hotel Reina Victoria in Ronda

lung überbracht hat; die eigentümliche Strahlenbrechung, die sich in ihm vollzieht, ist immer interessant, weil sie zu neuen Durchschnittspunkten führt, welche dann auch sofort polar werden, anziehen und abstoßen, d. h. ordnen –, als Gleichnis ist das dann jedesmal von vollkommener Wahrheit, aber als bloße Nachricht nicht genau zu verwenden.

Es liegt so nahe, daß ich jetzt zurückschau über ein Jahr, wo ich auch anfing, Dir zu schreiben, und da will mir ehrlich scheinen, daß ich mich nicht gerührt habe seither, es sei denn, ich bin im Kreis gegangen –, Gott weiß es. Ich kanns ablesen wie einen Wasserstand an einer Stelle in den »Instructions« der seligen Angela da Foligno, die ich damals bezeichnete und die mich, da ich sie zufällig vorgestern hier wieder aufschlug, genau ebenso angeht, daß ich eigentlich allen meinen Zustand aufdecke, wenn ich sie abschreibe; hier: »Quand tous les sages du monde et tous les saints du paradis m'accableraient de leurs consolations et de leurs promesses, et Dieu lui-même de ses dons, s'il ne me changeait pas moi-même, s'il ne commençait au fond de moi une nouvelle opération, au lieu de me faire du bien, les sages, les saints et Dieu exaspéreraient au delà de toute expression mon désespoir, ma fureur, ma tristesse, ma douleur et mon aveuglement.«

Die guten, generösen Asyle, wie Duino eines war und gleich darauf Venedig, haben mir nicht weit geholfen; auch kosten diese so besonders gestalteten Umgebungen jedesmal zu viel Anpassung, sie haben ihr Dasein in zu vielfachen fremden Bedingungen, und wenn man schließlich so weit ist, dazuzugehören, so ist eben nur die Lüge fertig, daß man dazugehört. Bis in den Herbst hinein war ich in Venedig, durch liebe freundliche Beziehungen unterhalten, aber im Grunde doch von Tag zu Tag, von Woche zu Woche bleibend, weil ich nicht wußte wohin; endlich bildete sich aus Ratlosigkeit, aus Instinkt, aus durch Jahre hin geschleppten Antrieben der Entschluß zu dieser Reise durch Spanien, eigentlich nur zu einem Aufenthalt in Toledo, und dort ankommend, dem wirklich unendlich Erwarteten und doch alle Erwartung unendlich Übertreffenden atemlos ausgesetzt, – glaubte ich mich fast schon aus der Stumpfheit gerissen und auf dem Wege zu einer weiteren Beteiligung am endgültig Daseienden, – es gibt keine Worte, mit denen ich Dir zu sagen vermöchte, wie über alles hinaus diese Stadt mitten in ihrer ungebändigten Landschaft vor mir stand, durch und durch das Nächste, das, was einen Augenblick vorher noch nicht zu ertragen gewesen wäre, strafend und aufrichtend zugleich, wie Moses, da er mit Lichthörnern vom Gebirge kam –, und doch auch wieder, nach und nach, an alles erinnernd, was je in meinem Leben nötig, stark, rein und verläßlich war. Aber schon daran (ich war vier Wochen dort), daß ich nicht geblieben bin, daß die Kälte, daß meine alten Schmerzen, der Blutzudrang in Stirn und Augen, daß das und jenes Unbehagen neben einer so großen und mir so redenden Gegenwart aufkamen, mich beschäftigten und zerstreuten, kannst Du sehen, daß ich das, was vielleicht bestimmt war, »la nouvelle opération« zu wirken, nicht bestand –, ich fuhr auf den Süden zu, ich war staunend in Cordoba, ich hatte Zeit einzusehen, daß Sevilla nichts für mich sei, etwas zog mich nach Ronda –, und hier bin ich nun und erwarte mir in dieser nicht weniger unerhörten Umgebung zunächst nur eine bessere Verteilung meines quälenden Bluts durch den Einfluß der hohen reinen Luft, die aus den im Umkreis aufgeschlagenen Bergen überall in die ihrerseits steil hinaufgehaltene Stadt herüberstreicht.

Wenn ich am Morgen aufwache, so liegt vor meinem offenen Fenster im reinen Raum, ausgeruht, das Gebirg; wie stell ichs nur an, daß mich das nicht innen bewegt, vor vier, fünf Jahren noch konnte ein Sonnenaufgang, bei der Überfahrt von Capri auf Neapel zu, mich von Kopf bis zu Fuß in lauter Freude verwandeln, in ganz neue, noch nicht dagewesene Freude, die an mir entsprang und zu allem hinzukam wie eine gefundene Quelle; und jetzt sitz ich da und schau und schau, bis mir die Augen wehtun, und zeig mirs und sag mirs vor, als sollt ichs auswendig lernen, und habs doch nicht und bin so recht einer, dems nicht gedeiht.

Liebe Lou, sag mir, wie geht es zu, daß ich alles verderbe –, jetzt scheint mirs zuweilen, als ob ich den Eindrücken gegenüber zuviel Gewalt anwendete (was ich ja praktisch bei so vielen Gelegenheiten tu), ich bleib zu lang davor, ich drück sie mir ins Gesicht, und sie *sind* doch schon Eindrücke von Natur, nicht wahr, selbst wenn man sie nur ganz leise eine Weile liegen läßt, au lieu de me pénétrer, les impressions me percent.

Ich mache weite, weite Wege hier draußen, für ein paar Stunden zuweilen ist die Sonne so, daß man bei einer Steineiche rasten kann, dann tut mirs eine kleine Vogelstimme zulieb, oder das Rauschen aus der tiefen Flußschlucht macht alles, was war, und alles, was sein kann, überflüssig. Aber im Gehen überleg ich so vieles, – vom 1. Januar an gehört mir ein Atelier in Paris; ich sah voraus, daß, wie diese Reise auch ausfällt, es für mich das Wichtigste sein wird, gleich hernach an eine eigene unabhängige Stelle zu kommen, damit hatte ich gewiß recht. Und ob Paris, das so an mir gezehrt hat, noch weiter nötig ist, überhaupt zuträglich ist, wird sich zeigen müssen. Ich weiß, man muß nicht ein Pflaster, weil es einmal gut getan hat, das ganze Leben aufgelegt lassen, auch möcht ich womöglich nicht, eh der ärgste Winter vorüber ist, nach Paris zurück.

Ich muß Dir sagen, Lou, ich habe das Gefühl, als ob das,

was mir hülfe, eine Umgebung wäre, ähnlich der, wie ich bei Dir sie in Schmargendorf gehabt habe, lange Gänge im Wald, barfuß gehen und Tag und Nacht den Bart wachsen lassen, eine Lampe haben am Abend, ein warmes Zimmer, und den Mond, sooft es ihm paßt, und die Sterne, wenn sie da sind, und sonst sitzen und den Regen hören oder den Sturm, als wärs Gott selbst. Wenn Du herumkommst, liebe Lou, denk daran und merk Dir, ob Du einen Ort siehst, wo das zu machen wäre. Ich stell mir manchmal den Schwarzwald vor, die Gegend von Triberg, Rippoldsau, dann wieder denk ich an Schweden, wie es z. B. bei Ellen Key wäre (aber ich möchte lieber nicht »bei« jemandem sein) – oder in ihrer Nähe an einem See in den Wäldern oder in der Nähe einer kleinen Universitätsstadt in Deutschland; denn Bücher zu haben, am besten auch einen Menschen, bei dem man was lernen könnte, wäre natürlich recht. Weißt Du, ob es wahr ist, daß die Bücher Moses in ihrem Urtext etwas völlig anderes sind, als sowohl die griechischen wie die lateinischen Übertragungen enthalten? Ich las merkwürdige Bücher von diesem sonderbaren Fabre d'Olivet (aus dem Anfang des XIX. Jahrh.), dem diese Entdeckung Anlaß gegeben hat, eine ganze hebräische Grammatik zu rekonstruieren (wie überhaupt sein ganzes Leben sich in Vorarbeiten für eine riesige, nie begonnene Hauptsache verbraucht hat –); hier les ich den Koran und staune, staune –, und habe wieder Lust zum Arabischen. Könnt ich das bei Deinem Mann treiben, käme überhaupt z. B. Göttingen in Betracht – ich fable, siehst Du, und da gibts keine Grenzen. [. . .]

(In Toledo wurden mir unsere Abende in Новитски und des guten Nik. Тожтой spanisches Tagebuch so lebhaft, daß ich ihm einen Gruß schickte, den er auch herzlich erwidert hat.)

An Helene von Nostitz
[Fragment, Ronda, Dezember 1912]

Und was auch dann kommt, – darin hab ich mich nicht geirrt, daß dies hier noch kommen mußte, seit Rußland geht mich nichts so an und wird mir so unmittelbar zum Zuwachs wie dieses fast unbegreifliche Land oder doch eine Stelle darin, auf der es, wie ichs fühle, mehr vielleicht als überall sonst zu sich kommt. Toledo.

Ich plante eigentlich, nur dorthin zu gehen und den ganzen Winter in Ruhe und Anschauung dort zu wohnen.

Kälte und Mißbehagen vertrieben mich nach vier Wochen, aber doch nicht zu früh, um mit dem ganzen Wesen von der Größe dieses so groß erwarteten Daseins überzeugt zu sein.

Stellen Sie sich vor, daß da zwischen den Dingen dieser unbeschreiblichen Stadt etwa die Spannung besteht, die zwischen der Erscheinung herrscht und einem, dem etwas erscheint, ein sich gegenseitig Nichtglaubenkönnen, ein athemloses Voreinanderdastehn von Ding zu Ding; ein Erschrecken reißt die Türme in die Höhe – ein Schrei macht die Tore zu dem, was sie sind –, ein Nachgeben hat die Brücken hinübergebogen, und das alles hat keine Möglichkeit, sich auszuruhen, denn es geht auf einem entsetzten Berg vor sich, um den, tief unten, der Fluß seine Schlinge, wie würgend, zugezogen hat; und die Brücken, die, wie mit geschlossenen Augen, jenseits ankommen und aufschauen, finden sich vor der reißendsten Natur, der Weg, den sie fügsam herübergebracht haben, verwildert dicht vor ihnen und kehrt sich wider sie mit knirschenden Zähnen. –

Ach, ich versuche nun seit Wochen, in dem und jenem Brief, eine Spur Nachricht davon zu geben, aber es ist ungeheuer, über mein bischen Ausdruck hinaus. Man möchte die Bibel aufschlagen und blättern, wo es steht, dort muß es vorkommen.

Sie werden an Greco denken –, ja ja, aber *er ist drin*, es hat ihn übertrieben, nicht daß ers zu fassen bekommen hätte. Hier ist etwas, das schon die Intensität des Kunstwerks hat, insofern ich weiß nicht welche Wahrheit der menschlichen Seele darin zur Endgültigkeit gekommen ist, zur Existenz, zu einer Sichtbarkeit, von der man meint, sie müßte, so wie sie da ist, für den Hirten irgendeiner Ziegenheerde und für Gottes Engel, die gleiche sein.

Seither war ich nur noch in Cordoba, und Sevilla, und nun hab ich mir vorgenommen, in dieser kleinen sehr alten, in einem Umkreis freier Berge, hoch auf einen Fels gehäuften Stadt abzuwarten, ob michs noch weiter treiben will.

An Leo von König
Ronda (Spanien),
am 20. Dezember 1912

Ich bin [. . .] (mit einer Nacht Ausruhens in Bayonne) nach Toledo gegangen, wo ich vier Wochen war; ich habe mich nicht geirrt, wenn ich von dieser Stadt für mich das Entscheidendste, ja etwas erwartete, was mich über alle Maßen anging: so war es auch, ich kam aus einem gewissen, absolut zustimmenden Staunen Tag und Nacht nicht heraus. Aus meiner Absicht, den ganzen Winter dort zu wohnen, ist indessen nichts geworden, wie Sie sehen; ich fühlte mich nicht sehr wohl und widerstandsfähig, und die harte Kälte machte sich doch so eigensinnig fühlbar, daß ich (trotz des sympathischen und bereitwilligen Hotels), als eben die Regenzeit einsetzen wollte, vorderhand nachgab, nicht leichten Herzens, kann ich versichern. Seither war Cordoba, an dem ich sehr viel Freude –, Sevilla, an dem ich nur Ärger hatte; und nun bin ich in diesem, nicht weniger erstaunlichen alten Ronda und erwarte mir von der reinen hohen Luft seiner Berge zunächst körperlich einiges Wohltun. Was dann weiter sein wird, ist noch völlig unbekannt.

Sollte ich (was nicht einmal sicher ist) später den Rückweg (nach Paris) über Madrid nehmen, so würd ich gern Cossio, mit Ihren Grüßen versehn, aufsuchen; die Übersetzung seines Greco-Werks läßt warten; wenns noch lange dauert, les ichs spanisch, denn so unmöglich das Sprechen mir vorkommt, im Lesen tu ich schon gelegentlich, als müßt es gehn.

Denken Sie, daß ich wochenlang zuerst Greco-Bilder nicht nötig hatte, so stark waren sie da, drin, auf dem Grunde von allem. Am Ende, wenn man überhaupt ein Mehr und ein Weniger in Rechnung stellen mag, war mir die Himmelfahrt Mariä in San Vincente dasjenige Werk, zu dem ich immer wieder zurückkam und das dann jedesmal mehr war als meine letzte Erinnerung daran.

An Sidonie Nádherný
Hotel Reina Victoria, Ronda
am 20. Dezember [1912].

Hier also noch ein paar Vorstellungen von Ronda.

Málaga, wohin ich wahrscheinlich nicht komme, und besonders Granáda sind natürlich um vieles wärmer und auch für den Anfang und längeres Einwohnen sehr geeignet.

Es wäre, denk ich mir, auch für diese Reise gut, nicht ganz allein zu reisen, und etwa die alte englische Gouvernante, schon damit sie nicht alle ihre Vorfreude und Aufregung rückgängig machen muß, mitzunehmen.

Das ist alles, was mir gerade einfällt, liebste Freundin, – es ist wenig, aber ich hoffe, es bringt Sie auf Freude und gute Ideen.

Perlen entrollen. Weh, riß eine der Schnüre?
Aber was hülf es, reih ich sie wieder: du fehlst mir,
starke Schließe, die sie verhielte, Geliebte.

War es nicht Zeit? Wie der Vormorgen den Aufgang,
wart ich dich an, blaß von geleisteter Nacht;
wie ein volles Theater, bild ich ein großes Gesicht,
daß deines hohen mittleren Auftritts
nichts mir entginge. O wie ein Golf hofft ins Offne
und vom gestreckten Leuchtturm
scheinende Räume wirft; wie ein Flußbett der Wüste,
daß es vom reinen Gebirg bestürze, noch himmlisch,
der Regen, –
wie der Gefangne, aufrecht, die Antwort des einen
Sternes ersehnt, herein in sein schuldloses Fenster;
wie einer die warmen
Krücken sich wegreißt, daß man sie hin an den Altar
hänge, und daliegt und ohne Wunder nicht aufkann:
siehe, so wälz ich, wenn du nicht kommst, mich zu Ende.

Dich nur begehr ich. Muß nicht die Spalte im Pflaster,
wenn sie, armsälig, Grasdrang verspürt: muß sie den ganzen
Frühling nicht wollen? Siehe, den Frühling der Erde.
Braucht nicht der Mond, damit sich sein Abbild im Dorfteich
fände, des fremden Gestirns große Erscheinung? Wie kann
das Geringste geschehn, wenn nicht die Fülle der Zukunft,
alle vollzählige Zeit, sich uns entgegenbewegt?
Bist du nicht endlich in ihr, Unsägliche? Noch eine Weile,
und ich besteh dich nicht mehr. Ich altere oder dahin
bin ich von Kindern verdrängt ...

begonnen im Juli 1912 in Venedig
vollendet Ende 1912 in Spanien

An Karl von der Heydt
Ronda, (Spanien) · Hotel Reina Victoria
am 26. Dez. [1912]

Ich wollte schon vor Weihnachten schreiben, aber ein großer Theil meines Tages vergeht hier über großen Spaziergängen, auf die ich wohl gelegentlich ein Buch mitnehme, aber ein Brief läßt sich dabei nicht leisten. [...]

Sie [Clara] wird Ihnen auch berichtet haben, daß ich tathsächlich nach Spanien gegangen bin, viel später allerdings als ich vorhatte und leider eigentlich zu spät, in Hinsicht auf die Jahreszeit. Toledo (darin hatte ich mich nicht getäuscht) ging mich unbeschreiblich an, namenlos, ging mich an wie mein eigenes Herz, wie nichts seit der russischen Reise (kann ich wohl sagen). Ich war vier Wochen dort, dann legte sich die Kälte ins Mittel, und ich hatte gesundheitlich nicht genug Widerstand, um es mit ihr, unter guten, doch immerhin spanischen Umständen, aufzunehmen. Lieber Freund, man macht sich keinen Begriff von dieser erstaunlichen Stadt, selbst die paar Darstellungen, die Greco von ihr gegeben hat, reichen, so phantastisch sie sind, nicht an diese wilde und unaufhaltsame Erscheinung heran, die da inmitten der reißendsten Berge, wie gewürgt von der Schlinge des Tajo, zum Himmel steht. Ich weiß nicht, ob Sie den Laokoon gesehen haben, der jetzt in München in der Pinakothek hängt; es war unbeschreiblich genial, diese Stadt so vorzuführen, gleichsam als ob die Gebärden aus Armen und Schlangen, die rechten Rahmen wären, Ausschnitte von ihr sehen zu lassen. Sevilla dagegen gab mir rein nichts, Cordoba war ein Wunder, und hier, Ronda, ist eigenthümlich durch seine heroïsche Lage in den Bergen, von deren reiner hoher Luft ich mir einigen Nutzen verspreche; wo nicht, so wirds nach meiner Rückkehr das Erste sein, daß ich mich irgendwo eine Weile in Kur und Pflege thu, um wenigstens drei Viertheile meiner Plackereien in guten Händen zu lassen. Denn ich bin keiner, der aus seinen Übelständen geistig Nutzen zieht, sie machen mir gerade hier, wos noththäte recht gleichmäßig und getrost zu sein, viel Verdruß. Ich möchte so gern ganz ganz gesund werden, dann bring ichs auch wieder zu der alten Freude an Allem, die mir schließlich doch reiner und heiterer im Blut steckt als so manchem.

[MANDELBÄUME IN BLÜTE]

Die Mandelbäume in Blüte: alles, was wir hier leisten können, ist,
sich ohne Rest erkennen in der irdischen Erscheinung.

Unendlich staun ich euch an, ihr Seligen, euer Benehmen,
wie ihr die schwindliche Zier traget in ewigem Sinn.
Ach wers verstünde zu blühn: dem wär das Herz über alle
schwachen Gefahren hinaus und in der großen getrost.

Ronda, Jahreswende 1912/1913

Ich Wissender: oh der ich eingeweiht
in alles Handeln bin und mich nicht rühre,
fortwährend tritt der Held aus meiner Türe
hinausentschlossen, wie mit mir entzweit.

Ronda, um den 1. Januar 1913

An Lou Andreas-Salomé
Ronda, Dreikönigstag 1913

»Eigentlich war er längst frei, und wenn ihn etwas am Sterben hinderte, so wars vielleicht nur der Umstand, daß er es schon einmal irgendwo übersehen hatte, so daß er nicht, wie die andern, daraufzu weitermußte, sondern dazu zurück. Sein Geschehen war schon draußen, stand in den überzeugten Dingen, mit denen die Kinder spielen, und ging in ihnen zugrund. Oder es war gerettet im Aufschaun einer Fremden, die vorüberkam, wenigstens verließ es sich dort auf seine Gefahr. Aber auch die Hunde liefen damit vorbei, beunruhigt und sich umsehend, ob er es ihnen nicht wieder wegnähme. Wenn er aber vor den Mandelbaum trat, der in seiner Blüte war, so erschrak er dennoch, es so völlig dort drüben zu finden, ganz übergegangen, ganz dort beschäftigt, ganz fort von ihm; und er selber nicht genau genug gegenüber und zu trübe, um dieses sein Sein auch nur zu spiegeln. Wäre er ein Heiliger geworden, so hätte er aus diesem Zustand eine heitere Freiheit gezogen, die unendlich unwiderrufliche Freude der Armut: denn so lag vielleicht der heilige Franz, aufgezehrt, und war genossen worden, und die ganze Welt war ein Wohlgeschmack seines Wesens. Er aber hatte sich nicht rein geschält, hatte sich aus sich herausgerissen und Stücke Schale mit fortgegeben, oft auch sich (wie Kinder vor Puppen tun) an einen eingebildeten Mund gehalten und geschmatzt dabei, und der Bissen war liegen geblieben. So sah er jetzt dem Abfall gleich und war im Weg, – so viel Süße auch in ihm gewachsen sein mochte.«

Dies schrieb ich heute früh in mein Taschenbuch, Du wirst merken, um wen sichs handelt. Gestern kam Dein guter Brief. Ja, die zwei Elegieen sind da –, aber mündlich kann ich Dir sagen, ein wie kleines und wie scharf abgebrochenes Stück sie bilden von dem, was damals in meine Macht gegeben war. Verhältnisse und Kräfte wie zur Zeit, da das Stunden-Buch begann –: was wäre nicht alles gehoben worden. *Wenn wir uns nur sehen, liebe Lou*, das ist jetzt meine große Hoffnung. Ich sage mir oft, daß ich nur durch Dich mit dem Menschlichen zusammenhänge, in *Dir* ist es mir zugekehrt, ahnt mich, *atmet mich an*; überall sonst komm ich doch hinter seinem Rücken heraus und kann mich ihm nicht kenntlich machen.

An Anton Kippenberg
Hôtel Reina Victoria, Ronda, Spanien,
am 7. Januar 1913

[...] aber an die kleineren belgischen Städte zurückzudenken, ist hier manche Veranlassung, sie sind spanischer, als man denkt, wie überhaupt Spanien, durch die Habsburger durch, vielen Ländern recht ausdrücklich ins Blut gegangen ist: so daß man hier vieles, was man schon kennt, nur heftiger und entschiedener, wiederfindet.

Aber ich schiebe das Erzählen ganz aufs künftige Mündliche ab, um nur von mir zu reden, so hab ich einige recht schlechte Wochen hinter mir; gleichwohl bin ich hier geblieben, denn Luft, Wohnung und Verpflegung könnten nirgends annehmlicher sein. Meine Übelstände liegen nicht am Klima, sind nur ein neuer Abschitt in dieser eigentümlichen Überwindung oder Erneuerung, die meine ganze Natur, wie ich glauben muß, in diesen Jahren zu leisten hat; meine hoffnungsvollste Einsicht ist etwa die, daß im Körperlichen wie im Seelischen seit dem »Malte« dasselbe vor sich geht, ein Prozeß des Umgrabens im ganzen

Erdreich meines Wesens, wobei das Oberste zuunterst kommt: Zeiten, da es am günstigsten wäre, überhaupt kein Bewußtsein zu haben; denn der fortwährende Umsturz solcher Vorgänge kann sich dort nicht anders denn als Qual und Preisgegebenheit ausdrücken. Das Auftreten der Elegieen voriges Jahr hat mich ein wenig ins Vertrauen dessen einbezogen, was sich unsäglich langsam, unter dem Vorwand so großer Verheerung, ordnen mag, und ich finde in den schlechtesten Tagen doch immer wieder einen Rest Geduld, nicht Geduld mit mir (die ist längst aufgebraucht), aber Geduld zu Gott, wenn man so sagen kann, eine stille entschlossene Lust zu seinem Maßstab.

Es ist unbeschreiblich viel, lieber Freund, daß Sie mich, ich weiß nicht auf Grund welches Zutrauens, in diesen schweren rätselhaften Jahren in den Stand setzen, in diesem Sinne geduldig zu sein, nichts von meiner Natur zu verlangen, so daß sie ihren inneren und abgekehrten Beschäftigungen, wo ich sie nicht selber störe, in allen ihren Verkleidungen nachgehen kann. Wenn es mir bestimmt ist, die nächste Phase meines Daseins zu erreichen, so werd ich, dank dieser Schonung, in ihr heiler sein und vollzähliger, als ich jemals war. Was die jetzige Reise angeht, so hat sie's natürlich schwer, sich über so verschobene und ungleich hohe innere Verhältnisse zu verteilen, gleichwohl bin ich keinen Moment im Zweifel, daß gerade sie diesen Veränderungen den dringendsten Dienst tut, indem sie gewisse Gebiete, die noch alt dalagen, in den Bereich dieser Bewegungen einbezieht.

... Was tun? Manchmal faßt mich die Ungeduld, schon in Paris zu sein, nur um zu sehen, daß es geht –, bin ich erst über diesen Übergang hinaus, so glaub ich, Ihnen eine ruhige Zeit und geringere Ansprüche versprechen zu dürfen: nicht umsonst liegt das Atelier genau über jenem, in dem ein großer Teil der »Neuen Gedichte« entstanden ist und in dem ichs während einiger Frühlings- und Sommermonate verwirklichte, mit sehr wenigem Geld, vergnügt, ohne fühlbare Einschränkung hauszuhalten, so daß ich mich, wie in der Arbeit, so auch im leidlich äußern Dasein, damals, recht voreilig, schon für gerettet halten mochte. Mit einem Wort, bis in den Mai hinein wirds eine schwierige Zeit geben; wie bald ich von hier aus diese Schwierigkeiten antrete, wag ich noch nicht auf Tag und Stunde zu entscheiden, jedenfalls hab ich nichts als die Rückreise vor mir. Granada lasse ich bleiben, höchstens daß ich mich, wenn sichs tun läßt, einige Tage in Madrid aufhalte, da, ohne die Greco des Prado-Museums und des Eskorial, ganz wesentliche Punkte meines Reiseplans unerfüllt und das Ganze vielleicht, an einer Stelle wie abgebrochen, im späteren Rückblick an sich selber zu leiden begänne.

Hôtel Reina Victoria, Ronda, Spanien,
noch am gleichen 7ten abends

Ich mußte mit einem Ruck aufhören heute gegen zwölf, Poststunde, die erst vierundzwanzig Stunden später wiederkommt; eilig wars ja im Grunde nicht, aber hätt ich den Brief einen ganzen Tag länger im Haus gehabt, wer weiß, obs noch zur Absendung gekommen wäre, im beständigen Bedenken, daß Ihnen mein verspätetes Homunkeln, dieses Reden aus der Retorte, doch am Ende beschwerlich werden möchte. Er ist fort . . .

An Annette Kolb
Hotel Reina Victoria, Ronda, Espagne,
9. Jan. 1913

Spanien ist unvergleichlich, aber ich wünschte mir dafür eine andere Jahreszeit und Gesundheit.

DIE SPANISCHE TRILOGIE

[I]

Aus dieser Wolke, siehe: die den Stern
so wild verdeckt, der eben war – (und mir),
aus diesem Bergland drüben, das jetzt Nacht,
Nachtwinde hat für eine Zeit – (und mir),
aus diesem Fluß im Talgrund, der den Schein
zerrissner Himmels-Lichtung fängt – (und mir);
aus mir und alledem ein einzig Ding
zu machen, Herr: aus mir und dem Gefühl,
mit dem die Herde, eingekehrt im Pferch,
das große dunkle Nichtmehrsein der Welt
ausatmend hinnimmt –, mir und jedem Licht
im Finstersein der vielen Häuser, Herr:
ein Ding zu machen; aus den Fremden, denn
nicht Einen kenn ich, Herr, und mir und mir
ein Ding zu machen; aus den Schlafenden,
den fremden alten Männern im Hospiz,
die wichtig in den Betten husten, aus
schlaftrunknen Kindern an so fremder Brust,
aus vielen Ungenaun und immer mir,
aus nichts als mir und dem, was ich nicht kenn,
das Ding zu machen, Herr Herr Herr, das Ding,
das welthaft-irdisch wie ein Meteor
in seiner Schwere nur die Summe Flugs
zusammennimmt: nichts wiegend als die Ankunft.

[II]

Warum muß einer gehn und fremde Dinge
so auf sich nehmen, wie vielleicht der Träger
den fremdlings mehr und mehr gefüllten Marktkorb
von Stand zu Stand hebt und beladen nachgeht
und kann nicht sagen: Herr, wozu das Gastmahl?

Warum muß einer dastehn wie ein Hirt,
so ausgesetzt dem Übermaß von Einfluß,
beteiligt so an diesem Raum voll Vorgang,
daß er gelehnt an einen Baum der Landschaft
sein Schicksal hätte, ohne mehr zu handeln.
Und hat doch nicht im viel zu großen Blick
die stille Milderung der Herde. Hat
nichts als Welt, hat Welt in jedem Aufschaun,
in jeder Neigung Welt. Ihm dringt, was andern
gerne gehört, unwirtlich wie Musik
und blind ins Blut und wandelt sich vorüber.

Da steht er nächtens auf und hat den Ruf
des Vogels draußen schon in seinem Dasein
und fühlt sich kühn, weil er die ganzen Sterne
in sein Gesicht nimmt, schwer –, o nicht wie einer,
der der Geliebten diese Nacht bereitet
und sie verwöhnt mit den gefühlten Himmeln.

[III]

Dass mir doch, wenn ich wieder der Städte Gedräng
und verwickelten Lärmknäul und die
Wirrsal des Fahrzeugs um mich habe, einzeln,
daß mir doch über das dichte Getrieb

Himmel erinnerte und der erdige Bergrand,
den von drüben heimwärts die Herde betrat.
Steinig sei mir zu Mut
und das Tagwerk des Hirten scheine mir möglich,
wie er einhergeht und bräunt und mit messendem Steinwurf
seine Herde besäumt, wo sie sich ausfranst.
Langsamen Schrittes, nicht leicht, nachdenklichen
Körpers,
aber im Stehn ist er herrlich. Noch immer dürfte ein Gott
heimlich in diese Gestalt und würde nicht minder.
Abwechselnd weilt er und zieht, wie selber der Tag,
und Schatten der Wolken
durchgehn ihn, als dächte der Raum
langsam Gedanken für ihn.

Sei er wer immer für euch. Wie das wehende Nachtlicht
in den Mantel der Lampe stell ich mich innen in ihn.
Ein Schein wird ruhig. Der Tod
fände sich reiner zurecht.

Ronda, 6.-14. Januar 1913

Ihm geht das nah, was nirgend sich bezieht:
als müßte einer der Gestirne Richtung
wie Liebe nehmen und des Sturmes Andrang
wie ein Gefühl nach seinem dumpfen Herzen.
Dies meint uns nicht, doch dieser steht im Weg.

Ronda, zwischen 6. und 14. Januar 1913
[Getilgte Schlußzeilen des zweiten Stücks der »Spanischen Trilogie«]

Aufzeichnung Rilkes,
Ronda Mitte Januar 1913

Ich, der ich so recht an den Dingen mich an das Hiesige gewöhnt habe, ich muß gewiß (und das ist es, was mir so schwer fällt in diesen Jahren) die Menschen überschlagen und gleich zu den Engeln (lernend) übergehen.

An Lou Andreas-Salomé
Ronda, um den 10. Januar 1913

HIMMELFAHRT MARIAE

[I]

Köstliche, o Öl, das oben will,
blauer Rauchrand aus dem Räucherkorbe,
grad-hinan vertönende Theorbe,
Milch des Irdischen, entquill,

still die Himmel, die noch klein sind, nähre
das dir anruht, das verweinte Reich:
Goldgewordne wie die hohe Ähre,
Reingewordne wie das Bild im Teich.

Wie wir nächtens, daß die Brunnen gehen,
hören im vereinsamten Gehör:
bist du, Steigende, in unserm Sehen
ganz allein. Wie in ein Nadelöhr

will mein langer Blick in dir sich fassen,
eh du diesem Sichtlichen entfliehst, –
daß du ihn, wenn auch ganz weiß gelassen,
durch die farbenechten Himmel ziehst.

[II]

Nicht nur aus dem Schaun der Jünger, welchen
deines Kleides leichte Wehmut bleibt:

ach, du nimmst dich aus den Blumenkelchen,
aus dem Vogel, der den Flug beschreibt;

aus dem vollen Offensein der Kinder,
aus dem Euter und dem Kaun der Kuh –;
alles wird um eine Milde minder,
nur die Himmel innen nehmen zu.

Hingerissne Frucht aus unserm Grunde,
Beere, die du voller Süße stehst,
laß uns fühlen, wie du in dem Munde
der entzückten Seligkeit zergehst.

Denn wir bleiben, wo du fortkamst. Jede
Stelle unten will getröstet sein.
Neig uns Gnade, stärk uns wie mit Wein.
Denn vom Einsehn ist da nicht die Rede.

An Lou Andreas-Salomé
Ronda, am 14. Januar 1913

AN DEN ENGEL

Starker, stiller, an den Rand gestellter
Leuchter: oben wird die Nacht genau.
Wir ver-geben uns in unerhellter
Zögerung an deinem Unterbau.

Toledo: »… eine Stadt Himmels und der Erden …«

El Greco, Laokoon:
»Ein unvergleichliches, unvergeßliches Bild.«

El Greco, Toledo: »… es müßte herrlich sein, diese Stadt zu sehen und den Greco im Zusammenhang mit ihr.«

El Greco, Himmelfahrt Mariä

El Greco, Kreuzigung Christi

Ronda: »... diese auf zwei steile Felsmassen, die die enge tiefe Flußschlucht trennt, hinaufgehäufte Stadt.«

Ronda: »... um das ganze herum ein geräumiges Tal.«

Landschaft bei Ronda: »Ich mache weite, weite Wege hier draußen.«

Rilke-Denkmal im Park des Hotels Reina Victoria in Ronda

Hospital de la Caridad in Sevilla

Die Mezquita in Córdoba: »Ich bin seit Córdoba von einer beinahe rabiaten Antichristlichkeit.«

Unser ist: den Ausgang nicht zu wissen
aus dem drinnen irrlichen Bezirk,
du erscheinst auf unsern Hindernissen
und beglühst sie wie ein Hochgebirg.

Deine Lust ist *über* unserm Reiche,
und wir fassen kaum den Niederschlag;
wie die reine Nacht der Frühlingsgleiche
stehst du teilend zwischen Tag und Tag.

Wer vermöchte je dir einzuflößen
von der Mischung, die uns heimlich trübt?
Du hast Herrlichkeit von allen Größen,
und wir sind am Kleinlichsten geübt.

Wenn wir weinen, sind wir nichts als rührend,
wo wir anschaun sind wir höchstens wach;
unser Lächeln ist nicht weit verführend,
und verführt es selbst, wer geht ihm nach?
Irgendeiner. Engel, klag ich, klag ich?
Doch wie wäre denn die Klage mein?
Ach, ich schreie, mit zwei Hölzern schlag ich
und ich meine nicht, gehört zu sein.
Daß ich lärme, wird an dir nicht lauter,
wenn du mich nicht fühltest, weil ich *bin*.
Leuchte, leuchte! Mach mich angeschauter
bei den Sternen. Denn ich schwinde hin.

Liebe Lou, zu dem neulich noch dies, draußen im Weideland aufgeschrieben, unterm Gehen, heut nachmittag: und gleich gefühlt, daß Du's haben sollst.

Rainer

An Marie von Thurn und Taxis
Hotel Reina Victoria, Ronda, Spain.
Ronda, am 14. Jan. 1913 [Dienstag]

Vorgestern sandte ich dem Fürsten eine *Copie* des zu Toledo in San Lucas, dereinst von den Engeln gesungenen »Salve« –, bin gespannt, was Sie Beide dazu meinen, bitte, versuchen Sie's zu singen. Sie waren nicht wohl, Fürstin, les ich mit Bedauern, hoffentlich ists ganz überstanden und vergessen; ich zog mich seit Weihnachten hin, wie in einer wirklichen Krankheit und war *tout ce qu'il y a de plus maussade*; wunderlich wie ich bei alledem mit meiner Natur verkehre, sowenig ich zwischen mir und Gott den Priester brauchen kann, sowenig wäre da der Arzt möglich; ich steh körperlich zu meiner Natur, wie seelisch zu Gott unendlich unmittelbar. Nur ists schwerer so, aber genau, aber genau, auf Leben und Tod.

Taschenbuchaufzeichnung,
Ronda kurz nach dem 14. 1. 1913

Nichts wie Toledo, wenn man sich seinem Einfluß überließe, vermöchte in solchem Grade zur Darstellung des Übersinnlichen auszubilden, indem die Dinge dort die Intensität dessen haben, was gemeinhin und täglich nicht sichtbar ist: der Erscheinung. Und möglicherweise ist es meine nächste Stufe, dies zu lernen; die Realität der Engel nach der Realität der Gespenster. Ich komme darauf zurück, daß in allen Bildern nahezu die Himmel nur als eine Übertreibung des Irdischen erscheinen, sie gehen im Bereich der Wolken vor sich; Greco, getrieben von den Verhältnissen Toledos, begann ein Himmelsinneres einzuführen, gleichsam oben himmlische Spiegelbilder dieser Welt zu entdecken, die so von ihr unterschieden und in ihrer Art so gesetzmäßig sind wie die Spiegelungen der Gegenstände im Wasser. Der Engel ist bei ihm nichtmehr anthropomorph wie das Thier in der Fabel, auch nicht das ornamentale Geheimniszeichen des byzantinischen Gottesstaates. Sein Wesen ist fließender, er ist der Fluß, der durch beide Reiche geht, ja, was das Wasser auf Erden und in der Atmosphäre ist, das ist der Engel in dem größeren Umkreis des Geistes, Bach, Thau, Tränke, Fontäne des seelischen Daseins, Niederschlag und Aufstieg. In diesem Engel erst übertrifft der Engel den Vogel; nicht daß er fliegt ist ihm entscheidend, denn der Flug ist auf beiden Seiten begrenzt, ein Intervall des Aufruhens; er streckt sich sinnlich ins Übersinnliche, nur das Strecken ist unaufhörlich, parallel, hat seinen Anfang und entgeht in die Unendlichkeit. Die Flügel werden beibehalten wie ein Vorläufiges, ein schon überschrittener Zwischenzustand, die Arme sind entwickelter, die stumme inständige Streckung hat sie mit gewaltigen Richtungen erfüllt, etwa wie die Schwere der Zukunft den Sibyllen Michelangelos in den Gliedern liegt.

AUFERWECKUNG DES LAZARUS

Also, das tat not für den und den,
weil sie Zeichen brauchten, welche schrieen.
Doch er träumte, Marthen und Marieen
müßte es genügen, einzusehn,
daß er *könne*. Aber keiner glaubte,
alle sprachen: Herr, was kommst du *nun*?
Und da ging er hin, das Unerlaubte
an der ruhigen Natur zu tun.
Zürnender. Die Augen fast geschlossen,
fragte er sie nach dem Grab. Er litt.
Ihnen schien es, seine Tränen flossen,
und sie drängten voller Neugier mit.
Noch im Gehen wars ihm ungeheuer,
ein entsetzlich spielender Versuch,
aber plötzlich brach ein hohes Feuer
in ihm aus, ein solcher Widerspruch
gegen alle ihre Unterschiede,
ihr Gestorben-, ihr Lebendigsein,
daß er Feindschaft war in jedem Gliede,
als er heiser angab: Hebt den Stein!
Eine Stimme rief, daß er schon stinke,
(denn er lag den vierten Tag) – doch Er
stand gestrafft, ganz voll von jenem Winke,
welcher stieg in ihm und schwer, sehr schwer
ihm die Hand hob – (niemals hob sich eine
langsamer als diese Hand und mehr)
bis sie dastand, scheinend in der Luft;
und dort oben zog sie sich zur Kralle:
denn ihn graute jetzt, es möchten alle
T oten durch die angesaugte Gruft

wiederkommen, wo es sich herauf
raffte, larvig, aus der graden Lage – –
doch dann stand nur Eines schief im Tage,
und man sah: das ungenaue vage
Leben nahm es wieder mit in Kauf.

Ronda, Januar 1913

DER GEIST ARIEL

(Nach der Lesung von Shakespeares Sturm)

Man hat ihn einmal irgendwo befreit
mit jenem Ruck, mit dem man sich als Jüngling
ans Große hinriß, weg von jeder Rücksicht.
Da ward er willens, sieh: und seither dient er,
nach jeder Tat gefaßt auf seine Freiheit.
Und halb sehr herrisch, halb beinah verschämt,
bringt mans ihm vor, daß man für dies und dies
ihn weiter brauche, ach, und muß es sagen,
was man ihm half. Und dennoch fühlt man selbst,
wie alles das, was man mit ihm zurückhält,
fehlt in der Luft. Verführend fast und süß:
ihn hinzulassen –, um dann, nicht mehr zaubernd,
ins Schicksal eingelassen wie die andern,
zu wissen, daß sich seine leichte Freundschaft,
jetzt ohne Spannung, nirgends mehr verpflichtet,
ein Überschuß zu dieses Atmens Raum,
gedankenlos im Element beschäftigt.
Abhängig fürder, länger nicht begabt,
den dumpfen Mund zu jenem Ruf zu formen,
auf den er stürzte. Machtlos, alternd, arm
und doch *ihn* atmend wie unfaßlich weit
verteilten Duft, der erst das Unsichtbare
vollzählig macht. Auflächelnd, daß man dem
so winken durfte, in so großen Umgang
so leicht gewöhnt. Aufweinend vielleicht auch,
wenn man bedenkt, wie's einen liebte und
fortwollte, beides, immer ganz in Einem.
(Ließ ich es schon? Nun schreckt mich dieser Mann,
der wieder Herzog wird. Wie er sich sanft

den Draht ins Haupt zieht und sich zu den andern
Figuren hängt und künftighin das Spiel
um Milde bittet . . . Welcher Epilog
vollbrachter Herrschaft. Abtun, bloßes Dastehn
mit nichts als eigner Kraft: »und das ist wenig.«)

Ronda, Anfang 1913

An Marie von Thurn und Taxis
Hotel Reina Victoria, Ronda, Spain.
Ronda, am 16. Januar 1913. [Donnerstag]

Haben Sie die Gedichte der Noailles (*Revue de Paris* vom 15. Nov. und vom 1. Dez.) bemerkt? Schöne Landschaftsempfindung da und dort, Stellen von prachtvollem *raccourci*, zumal im Dezember-Heft. Dort, sehr schön, ausholend und hinhaltend wie Nachtigallenlied, die Strophen: wenn dies, dies, das Leiseste, das Kühlste, das Unbegehrendste doch nur, verstellt, jenes eine tötliche Glühen ist der unausweichlichen Lust –, dann .... Und doch *cette volupté, à la fin c'est un sentiment fixe comme il y a des idées fixes; c'est un entêtement du cœur*. Immerhin die sehr nahe Todes-Erfahrung, mit der das alles offenbar vielfach zusammenhängt (der Tod Henri Frank's?), wird doch möglicherweise eine neue Wirklichkeit für ihre *Verse* bedingen, (wenn sie da nur dem Tod mehr zu Herzen ginge). Sie müßte abbrechen, genug, und ihren ganzen Sang dort von vorn anfangen, im Bereich des Todes, die ganze Natur hinüberreißen, thun, als könnte man dort erst recht fühlend sein; aber sie hat in sich die Einheit, Hiesigkeit des Griechenthums, nur leider das helle Blatt stark eingefaßt mit dem Trauerrand der Christlichkeit. (Ich muß meinen kalten Füßen zu liebe rasch spazieren gehen).

An Sidonie Nádherný
Hotel Reina Victoria
Ronda, am 24. Jan. 1913.

Sicher, sicher ist es auch möglich, daß Sie *allein* nach Spanien kommen, besonders wenn Sie hier anfangen, wo es nicht an Bequemlichkeit fehlt; daran dachte ich vor allem, daß Sie sich nicht zu unvermittelt in einem ganz fremden Medium (und *fremd* ist Spanien doch seiner ganzen Art nach –) eingeschlossen fühlen sollten; andererseits liegt ja oft grade darin wieder die überraschendste Freiheit und Unabhängigkeit, im Unbekannten und einen Noch-nirgends-Angehenden unbeobachtet sich zurechtzurücken.

Da Sie's wissen, so mag ichs nicht leugnen, daß ich Sie ein paar Mal ein wenig hergerufen habe, Ihnen etwas zu zeigen, oder wenn mich sehr nach Musik verlangte, oder auch nur draußen im Gehen, wenn ich, (vor Alter und Nachdenklichkeit) mir vorstellte, wie herrlich es wäre, sich ein paar Schritte lang auf Ihren Arm zu stützen –, aber das war ganz vorübergehend jedesmal; denn kaum laß ich in mir einen solchen Gedanken zu, so weiß der liebe Gott sofort, mein Alleinsein so schmuck vor mich hinzustellen, daß ich alles andere vergesse und ihm mit vielem Kopfnicken zustimmen muß, wenn er behauptet, daß ich unter keinen Umständen es besser haben könnte, daß er mir nicht umsonst immer wieder solche große Stücke Einsamkeit aus seinen vielfach erschütterten Vorräthen heraussuche –.

Nun lags auch ein bischen daran, daß ich gar nicht sagen konnte, *wo* Sie sind, ob Sie's so gut haben wie es sein sollte, – so wie ich darin sicher bin, komm ich gar nicht auf die Idee, zu »rufen«. Ich halte mich hier so weiter, ohne viel Unternehmung, vielleicht, wenn mein Atelier in Paris nicht kalt dastünde und (ach!) ganz erst einzurichten, wär ich schon dort, so stark ist zuweilen der Wunsch, nicht länger in einem Hôtel zu stecken. Könnte ich arbeiten, wärs auch hier ausgezeichnet, aber es sieht aus, als ob darauf vor der Hand nicht zu rechnen wäre, so faß ich Geduld und denk daran, wie ichs in künftigen Jahren machen soll, um aus allen diesen mühsam zu mir hergebogenen Verhältnissen endlich in diejenigen zu kommen, die aufs Haar genau die meinigen wären und dem, was ich etwa noch zu machen habe, angepaßt.

Noch Eines, Liebe, wird Ihnen ins Gefühl gedrungen sein, als eine Art Rufen nach Ihnen: daß ich Stifter lese, fast jeden Abend; – ich fing mit dem »Kondor« an (der mich diesmal fast mehr nach Janowitz versetzte als zu Cornelia) und ließ mich dann so weitertreiben von der schönen breiten Bewegung seiner Prosa, – (gestern bewunderte ich die Stelle vom Irrlicht in den Aufzeichnungen des Urgroßvaters,) in alledem ist etwas enthalten wie die Elemente einer durchaus oesterreichischen Kunst, niemand hats fortgeführt. Zuweilen ist es so hausgemacht, daß es schon beinah gestrickt ist, und dann wieder führt diese gelassene Handarbeit zu so großartig ausgearbeiteten Herrlichkeiten, daß man meint, das eigene Herz müßte einem darüber, ohne daß man sich rührt, zu etwas Berühmtem und Unvergeßlichem werden.

ERLEBNIS

[I]

Es mochte wenig mehr als ein Jahr her sein, als ihm im Garten des Schlosses, der sich den Hang ziemlich steil zum Meer hinunterzog, etwas Wunderliches widerfuhr. Seiner Gewohnheit nach mit einem Buch auf und abgehend, war er darauf gekommen, sich in die etwa schulterhohe Gabelung eines strauchartigen Baumes zu lehnen, und sofort fühlte er sich in dieser Haltung so angenehm unterstützt und so reichlich eingeruht, daß er so, ohne zu lesen, völlig eingelassen in die Natur, in einem beinah unbewußten Anschaun verweilte. Nach und nach erwachte seine Aufmerksamkeit über einem niegekannten Gefühl: es war, als ob aus dem Innern des Baumes fast unmerkliche Schwingungen in ihn übergingen; er legte sich das ohne Mühe dahin aus, daß ein weiter nicht sichtlicher, vielleicht den Hang flach herabstreichender Wind im Holz zur Geltung kam, obwohl er zugeben mußte, daß der Stamm zu stark schien, um von einem so geringen Wehen so nachdrücklich erregt zu sein. Was ihn überaus beschäftigte, war indessen nicht diese Erwägung oder eine ähnliche dieser Art, sondern mehr und mehr war er überrascht, ja ergriffen von der Wirkung, die jenes in ihn unaufhörlich Herüberdringende in ihm hervorbrachte: er meinte nie von leiseren Bewegungen erfüllt worden zu sein, sein Körper wurde gewissermaßen wie eine Seele behandelt und in den Stand gesetzt, einen Grad von Einfluß aufzunehmen, der bei der sonstigen Deutlichkeit leiblicher Verhältnisse eigentlich gar nicht hätte empfunden werden können. Dazu kam, daß er in den ersten Augenblicken den Sinn nicht recht feststellen konnte, durch den er eine derartig feine und ausgebreitete Mitteilung empfing; auch war der Zustand, den sie in ihm herausbildete, so vollkommen und anhaltend, anders als alles andere, aber so wenig durch Steigerung über bisher Erfahrenes hinaus vorstellbar, daß er bei aller Köstlichkeit nicht daran denken konnte, ihn einen Genuß zu nennen. Gleichwohl, bestrebt, sich gerade im Leisesten immer Rechenschaft zu geben, fragte er sich dringend, was ihm da geschehe, und fand fast gleich einen Ausdruck, der ihn befriedigte, vor sich hinsagend: er sei auf die andere Seite der Natur geraten. Wie im Traume manchmal, so machte ihm jetzt dieses Wort Freude und er hielt es für beinah restlos zutreffend. Überall und immer gleichmäßiger erfüllt mit dem in seltsam innigen Abständen wiederkehrenden Andrang, wurde ihm sein Körper unbeschreiblich rührend und nur noch dazu brauchbar, rein und vorsichtig in ihm dazustehen, genau wie ein Revenant, der, schon anderswo wohnend, in dieses zärtlich Fortgelegtgewesene wehmütig eintritt, um noch einmal, wenn auch zerstreut, zu der einst so unentbehrlich genommenen Welt zu gehören. Langsam um sich sehend, ohne sich sonst in der Haltung zu verschieben, erkannte er alles, erinnerte es, lächelte es gleichsam mit entfernter Zuneigung an, ließ es gewähren, wie ein viel Früheres, das einmal, in abgetanen Umständen, an ihm beteiligt war. Einem Vogel schaute er nach, ein Schatten beschäftigte ihn, ja der bloße Weg, wie er da so hinging und sich verlor, erfüllte ihn mit einem nachdenklichen Einsehn, das ihm umso reiner vorkam, als er sich davon unabhängig wußte. *Wo* sonst sein Aufenthalt war, hätte er nicht zu denken vermocht, aber daß er zu diesem allen hier nur *zurückkehrte*, in diesem Körper stand, wie in der Tiefe eines verlassenen Fensters, hinübersehend: – davon war er ein paar Sekunden lang so überzeugt, daß die plötzliche Erscheinung eines Hausgenossen ihn auf das qualvollste erschüttert hätte, während er wirklich, in seiner Natur, darauf vorbereitet war, Polyxène oder Raimondine oder sonst einen Verstorbenen des Hauses aus der Wendung des Weges heraustreten zu sehn. Er begriff die stille Überzähligkeit ihrer Gestaltung, es war ihm vertraut, irdisch Gebildetes so flüchtig unbedingt verwendet zu sehn, der Zusammenhang ihrer Gebräuche verdrängte aus ihm jede andere Erziehung; er war sicher, unter sie bewegt, ihnen nicht aufzufallen. Eine Vinca, die in seiner Nähe stand, und deren blauem Blick er wohl auch sonst zuweilen begegnet war, berührte ihn jetzt aus geistigerem Abstand, aber mit so unerschöpflicher Bedeutung, als ob nun nichts mehr zu verbergen sei. Überhaupt konnte er merken, wie sich alle Gegenstände ihm entfernter und zugleich irgendwie wahrer gaben, es mochte dies an seinem Blick liegen, der nicht mehr vorwärts gerichtet war und sich dort, im Offenen, verdünnte; er sah, wie über die Schulter, zu den Dingen zurück, und ihrem, für ihn abgeschlossenen Dasein kam ein kühner süßer Beigeschmack hinzu, als wäre alles mit einer Spur von der Blüte des Abschieds würzig gemacht. – Sich sagend von Zeit zu Zeit, daß dies nicht bleiben könne, fürchtete er gleichwohl nicht das Aufhören des außerordentlichen Zustands, als ob von ihm, ähnlich wie von Musik, nur ein unendlich gesetzmäßiger Ausgang zu erwarten sei.

Auf einmal fing seine Stellung an, ihm beschwerlich zu sein, er fühlte den Stamm, die Müdigkeit des Buches in seiner Hand, und trat heraus. Ein deutlicher Wind blätterte jetzt in dem Baum, er kam vom Meer, die Büsche den Hang herauf wühlten in einander.

[II]

Späterhin meinte er, sich gewisser Momente zu erinnern, in denen die Kraft dieses einen schon, wie im Samen, enthalten war. Er gedachte der Stunde in jenem anderen südlichen Garten (Capri), da ein Vogelruf draußen und in seinem Innern übereinstimmend da war, indem er sich gewissermaßen an der Grenze des Körpers nicht brach, beides zu einem ununterbrochenen Raum zusammennahm, in welchem, geheimnisvoll geschützt, nur eine einzige Stelle reinsten, tiefsten Bewußtseins blieb. Damals schloß er die Augen, um in einer so großmütigen Erfahrung durch den Kontur seines Leibes nicht beirrt zu sein, und es ging das Unendliche von allen Seiten so vertraulich in ihn über, daß er glauben durfte, das leichte Aufruhn der inzwischen eingetretenen Sterne in seiner Brust zu fühlen.

Auch fiel ihm wieder ein, wie viel er darauf gab, in ähnlicher Haltung an einen Zaun gelehnt, des gestirnten Himmels durch das milde Gezweig eines Ölbaums hindurch gewahr zu werden, wie gesichthaft in dieser Maske der Weltraum ihm gegenüber war, oder wie, wenn er Solches lange genug ertrug, Alles in der klaren Lösung seines Herzens so vollkommen aufging, daß der Geschmack der Schöpfung in seinem Wesen war. Er hielt es für möglich, daß, bis in seine dumpfe Kindheit zurück, solche Hingegebenheiten sich würden bedenken lassen; mußte er doch nur an die Leidenschaft erinnert werden, die ihn immer schon ergriff, wo es galt, sich dem Sturm auszusetzen, wie er, auf großen Ebenen schreitend, im Innersten erregt, die fortwährend vor ihm erneute Windwand durchbrach, oder vorn auf einem Schiffe stehend, blindlings, sich durch dichte Fernen hinreißen ließ, die sich fester hinter ihm schlossen. Aber wenn, von Anfang an, das elementarische Hinstürzen der Luft, des Wassers reines und vielfältiges Benehmen und was Heroisches im Vorgang der Wolken war, ihn über die Maßen ergriff, ja ihm, der es im Menschlichen nie zu fassen vermochte, recht eigentlich als Schicksal an die Seele trat, so konnte ihm nicht entgehen, daß er nun, seit den letzten Einflüssen, solchen Beziehungen gleichsam endgültig übergeben sei. Etwas sanft Trennendes unterhielt zwischen ihm und den Menschen einen reinen, fast scheinenden Zwischenraum, durch den sich wohl Einzelnes hinüberreichen ließ, der aber jedes Verhältnis in sich aufsaugte und, überfüllt davon, wie ein trüber Rauch Gestalt von Gestalt betrog. Noch wußte er nicht, wie weit den Anderen seine Abgeschiedenheit zum Eindruck kam. Was ihn selbst anging, so verlieh erst sie ihm eine gewisse Freiheit gegen die Menschen, – der kleine Anfang von Armut, um den er leichter war, gab ihm unter diesen aneinander Hoffenden und Besorgten, in Tod und Leben Gebundenen, eine eigene Beweglichkeit. Noch war die Versuchung in ihm, ihrem Beschwerten sein Leichtes entgegenzuhalten, obwohl er schon einsah, wie er sie darin täuschte, da sie ja nicht wissen konnten, daß er nicht (wie der Held) in allen ihren Bindungen, nicht in der schweren Luft ihrer Herzen, zu seiner Art Überwindung gekommen war, sondern draußen, in einer menschlich so wenig eingerichteten Geräumigkeit, daß sie sie nicht anders als »das Leere« nennen würden. Alles, womit er sich an sie wenden durfte, war vielleicht seine Einfalt; es blieb ihm aufbewahrt, ihnen von der Freude zu reden, wo er sie zu sehr in den Gegenteilen des Glücks befangen fand, auch wohl ihnen einzelnes aus seinem Umgang mit der Natur mitzuteilen, Dinge, die sie versäumten oder nur nebenbei in Betracht nahmen.

Ronda, 1. Februar 1913

DIE SECHSTE ELEGIE

Feigenbaum, seit wie lange schon ists mir bedeutend,
wie du die Blüte beinah ganz überschlägst
und hinein in die zeitig entschlossene Frucht,
ungerühmt, drängst dein reines Geheimnis.
Wie der Fontäne Rohr treibt dein gebognes Gezweig
abwärts den Saft und hinan: und er springt aus dem Schlaf,
fast nicht erwachend, ins Glück seiner süßesten Leistung.
Sieh: wie der Gott in den Schwan.
...... Wir aber verweilen,
ach, uns rühmt es zu blühn, und ins verspätete Innre
unserer endlichen Frucht gehn wir verraten hinein.
Wenigen steigt so stark der Andrang des Handelns,
daß sie schon anstehn und glühn in der Fülle des Herzens,
wenn die Verführung zum Blühn wie gelinderte Nachtluft
ihnen die Jugend des Munds, ihnen die Lider berührt:
Helden vielleicht und den frühe Hinüberbestimmten,
denen der gärtnernde Tod anders die Adern verbiegt.
Diese stürzen dahin: dem eigenen Lächeln
sind sie voran, wie das Rossegespann in den milden
muldigen Bildern von Karnak dem siegenden König.

Wunderlich nah ist der Held doch den jugendlich Toten.
Dauern
ficht ihn nicht an. Sein Aufgang ist Dasein; beständig
nimmt er sich fort und tritt ins veränderte Sternbild
seiner steten Gefahr. Dort fänden ihn wenige. Aber,
das uns finster verschweigt, das plötzlich begeisterte
Schicksal
singt ihn hinein in den Sturm seiner aufrauschenden Welt.

Hör ich doch keinen wie *ihn*. Auf einmal durchgeht mich
mit der strömenden Luft sein verdunkelter Ton.

Dann, wie verbärg ich mich gern vor der Sehnsucht:
O wär ich,
wär ich ein Knabe und dürft es noch werden und säße
in die künftigen Arme gestützt und läse von Simson,
wie seine Mutter erst nichts und dann alles gebar.

War er nicht Held schon in dir, o Mutter, begann nicht
dort schon, in dir, seine herrische Auswahl?
Tausende brauten im Schooß und wollten *er* sein,
aber sieh: er ergriff und ließ aus –, wählte und konnte.
Und wenn er Säulen zerstieß, so wars, da er ausbrach
aus der Welt deines Leibs in die engere Welt, wo er weiter
wählte und konnte. O Mütter der Helden, o Ursprung
reißender Ströme! Ihr Schluchten, in die sich
hoch von dem Herzrand, klagend,
schon die Mädchen gestürzt, künftig die Opfer dem Sohn.

Denn hinstürmte der Held durch Aufenthalte der Liebe,
jeder hob ihn hinaus, jeder ihn meinende Herzschlag,
abgewendet schon, stand er am Ende der Lächeln,
– anders.

Vers 1-31: Ronda, Januar/ Februar 1913

An Marie von Thurn und Taxis
Hotel Reina Victoria, Ronda, Spain.
Ronda, am 6. Februar 1913. [Donnerstag]

Liebe Fürstin, von gestern abends (da Ihr Brief eintraf) zu heute morgen hab ich mirs aufrichtig durch den Sinn gehen lassen, – die Antwort aber kommt nun doch drüber fort unmittelbar aus dem Herzen, wo sie vom ersten Augenblick an fertig war: wenn Ihnen also das Aufgeben einer an sich ausgezeichneten Idee nicht zu viel kostet, so bitte ich für die *Elegieen*, daß sie in ihrem bisherigen Geborgensein weiterhin bleiben dürfen, eine Rezitation bei Heller wäre schon nahezu eine Veröffentlichung, und ich habe diesen Gedichten gegenüber immer noch das Gefühl, daß es durchaus genüge, daß sie *daseien* und daß man ihre Bekanntmachung ruhig hinausschieben mag, bis der Zustand, aus dem heraus sie sich gebildet haben, völlig überstanden ist. Dann erst werden sie jenen Grad von Selbständigkeit und Abgelöstheit besitzen, der es gleichgültig erscheinen läßt, wie viele oder wie wenige damit in Berührung kommen –, jetzt und vielleicht noch für Jahre hinaus, ists mir um so lieber, je strenger und eifersüchtiger Sie sie in Ihrem Besitz einschließen; das soll natürlich nur ein Wunsch sein, der Ihnen die Anwendung Ihres Eigenthums in keiner Weise beschränkt, halten Sie's nur einfach wie mit einem Bild, das Sie dem einen und anderen in der rechten Stunde zeigen, aber um keinen Preis auf eine Ausstellung schicken mögen. [...]

Ich hätte längst geschrieben; doch erschien hier vorige Woche ein Bruder des Grafen Vilallonga (der Graf mit seiner zweiten Frau und vielen liebenswürdigen und schönen Kindern wohnt hier im Hotel, ich weiß nicht ob ichs schon erzählte –) kurz der Bruder, in ähnlichen körperlichen Verhältnissen wie Kassner und von ähnlicher Energie, interessierte und rührte mich so sehr, daß ich durch mehrere Tage sehr viel sprach; Sie wissen, wie mir alle Intensität Menschen gegenüber immer gleich zur enormen Ausgabe wird und mich beinah abzehrt, –: so bin ich denn auch diesmal wieder fast ganz aufgegessen zurückgeblieben [...]

(Auftrieb)
. . . und wir staunen unbeschränkt,
wie die leichteste der Leibgestalten,
eine Weile untern Tod gehalten,
soviel Seligkeit verdrängt

Zum Tode der Maria
Ronda, Mitte Januar 1913

Daß ich, entartet meinem Tod, zuletzt
in einem Zwischenraum vor deinem Herzen
zunichte werde wie ein Licht . . . .
Sind nicht deshalb Engel
daß einer sich des Wartens freue? Wem
. . . .

Ronda, Januar 1913

Die weißen Häuser hin ein Überfließen,
ein Reichlichsein vorrätiger Natur,
und Bettler, in fortwährendem Entschließen,
sind der entsprungnen Güte auf der Spur.

Ronda, Februar 1913
[Vorfrühlings-Sonne]

Da rauscht der Bach und dich, (der du ihn hörst)
dich weiß er nicht. Und drängst du deine Klage
den Lüften auf: er ringt durch reine Tage,
die du nicht hast, die du nicht störst

Ronda, Februar 1913

Wird mir nicht Nächstes? Soll ich nur noch verweilen?
(Öfter mein Weinen zerstörts und mein Lächeln verzerrts),
aber manchmal erkenn ich im Scheine der heilen
Flamme vertraulich mein inneres Herz.
Jenes, das einst so innigen Frühling geleistet,
ob sie es gleich in die Keller des Lebens verbracht.
O wie war es sofort zu dem größesten Gange erdreistet,
stieg und verstand wie ein Stern die gewordene Nacht.

Ronda, Februar 1913

An Sidonie Nádherný
Palace Hotel.
Madrid, am 24. Februar [1913].

Nun haben, ach, liebste Freundin, Ihre Grüße doch die Erde berührt – und diese triste Erde von Madrid, die ist als vertrüge sie keine Stadt und die doch auch nie recht von Herzen Land gewesen sein mag – Montag abend (ich seh, daß es heute schon eine Woche wird) verließ ich Ronda mit nicht lange vorbereitetem Entschluß, die letzten Wochen waren schlecht, eine kurze Aussicht auf Arbeit vorher, die ansetzte, mich innen in Bewegung brachte und mich dann gleich im Stich ließ, seither nur Schlechtes, seelisch wie körperlich, da ichs nicht ganz ohne Aufklärung aushalten wollte, schob ich einen Theil Schuld aufs Wetter, und es ist wahr, daß es unerträglich war, früh um 7 Februar, gegen Mittag, der Sonne nach, mindestens August und so täglich auf und ab im Übermuth. So verlor ich Geduld und Freude –, gehe nun nach Paris, obwohl es dort friert, wie die Zeitungen berichten –, wir wollen sehen.

Hier nur den Prado gesehen, wiedergesehen, die Goya's, im Ganzen recht unzufrieden mit mir, meinem Unmuth, meiner Gesundheit und diesem Ausgang meiner Reise, die mir (ich weiß nicht warum) nicht vollzählig scheint, und doch ist sie zu Ende. Verzeihen Sie dieses klägliche Nachgeben an eine verdrießliche Stimmung, ich sehne mich nach Arbeit und Ruhe, ein Glück, daß ich ein Atelier in Paris finde, aber es steht leer und ist erst noch ganz einzurichten, leider (wovor mir graut).

Vielleicht hätte ich durch Spanien eifriger und schneller durchreisen müssen und dann zu Ihnen nach Sizilien kommen; es scheint mir so friedlich wie Sie's haben in Ihrem Fra Angelico-Frühling.

Nachklang

»... und schließlich, als bedeutendstes Ereignis nach Rußland und dem unerschöpflichen Paris: Spanien, von Toledo aus ...«

So angestrengt wider die starke Nacht
werfen sie ihre Stimmen ins Gelächter,
das schlecht verbrennt. O aufgelehnte Welt
voll Weigerung. Und atmet doch den Raum,
in dem die Sterne gehen. Siehe, dies
bedürfte nicht und könnte, der Entfernung
fremd hingegeben, in dem Übermaß
von Fernen sich ergehen, fort von uns.
Und nun geruhts und reicht uns ans Gesicht
wie der Geliebten Aufblick; schlägt sich auf
uns gegenüber und zerstreut vielleicht
an uns sein Dasein. Und wir sinds nicht wert.
Vielleicht entziehts den Engeln etwas Kraft,
daß nach uns her der Sternenhimmel nachgiebt
und uns hereinhängt ins getrübte Schicksal.
Umsonst. Denn wer gewahrts? Und wo es einer
gewärtig wird: wer darf noch an den Nacht-Raum
die Stirne lehnen wie ans eigne Fenster?
Wer hat dies nicht verleugnet? Wer hat nicht
in dieses eingeborne Element
gefälschte, schlechte, nachgemachte Nächte
hereingeschleppt und sich daran begnügt?

Wir lassen Götter stehn um gohren Abfall,
denn Götter locken nicht. Sie haben Dasein
und nichts als Dasein, Überfluß von Dasein,
doch nicht Geruch, nicht Wink. Nichts ist so stumm
wie eines Gottes Mund. Schön wie ein Schwan
auf seiner Ewigkeit grundlosen Fläche:
so zieht der Gott und taucht und schont sein Weiß.

Alles verführt. Der kleine Vogel selbst
tut Zwang an uns aus seinem reinen Laubwerk,

die Blume hat nicht Raum und drängt herüber;
was will der Wind nicht alles? Nur der Gott,
wie eine Säule, läßt vorbei, verteilend
hoch oben, wo er trägt, nach beiden Seiten
die leichte Wölbung seines Gleichmuts.

Paris, Ende Februar 1913

An Karl von der Heydt
Hôtel Lutetia Paris, am letzten Februar 1913

Lieber Freund, seit drei Tagen bin ich in Paris, seit zweien mach ich mirs ehrlich schwer, Sie, ganz gegen unsere Ordnung, zu fragen, ob Sie mir noch einmal in dem gegenwärtig schwierig gewordenen Moment ein wenig beistehen könnten?

Ich frage nun thatsächlich, weil ich weiß, daß Sie, wenn es durchaus nicht geht, einfach sagen: Nein mein lieber Rilke –, und genug.

Nicht daß etwas besonderes los wäre, es kommt nur etwas viel auf einmal zusammen; Sie können sich denken, daß ich von Spanien nicht sehr reich zurückkam, außerdem mit von den dortigen Verhältnissen geradezu unheimlich aufgezehrter Kleidung, Schuhen, Wäsche –, das ginge noch hin. [...]

Der Verlag thut, wie ich weiß und einsehe, immerzu sein Möglichstes, hat mich auch auf der unbescheidenen Spanischen Reise, ohne einen Klagelaut, weit über Wasser gehalten, so daß ich ihm, wenns irgend sich machen läßt, mit den jetzigen Schwierigkeiten nicht kommen mag.

An Anton Kippenberg
Paris, 17, rue Campagne Première,
am 6. März 1913

Es wird noch ein paar Tage dauern, eh ich von hier aus geordnet und richtig mich mitteilen kann, so nehmen Sie inzwischen dies, – mich drückts, daß ich Sie mit meinem Telegramm alarmieren mußte, verzeihen Sie, es war wie die Schiffssirene durch den Nebel; diese erste Pariser Woche war groß in Hoffnungen und Sorgen: einerseits wars so völlig Paris, ein Wiedersehen ohnegleichen, für mich ists doch der wunderlichste, bestimmendste, bildendste Ort [...]

Auf der anderen Seite war dann sofort die Sorge da, das Nichtauskommen, ärger, als ichs voraussah, denn ich war acht Tage in Madrid geblieben, hatte zum Schluß den Leichtsinn, ein paar schöne Greco-Photographien und das Greco-Werk Cossios, das ich zur Not spanisch las, zu kaufen, so kam ich ziemlich arm hier an, saß und konnte tagelang nichts für meine Installation tun (die rasch durchzusetzen ich mich sehr sehne) und merkte nur, rechnend und zählend, daß viel dabei zusammentreffen würde: das Auslösen der Möbel aus dem Depot, Übersiedlung, zahlreiche Reparaturen, dringende Anschaffungen, Bettdecken, Handtücher; alles, dessen Fehlen im Fortgehen eine Erleichterung war, ist jetzt dringend von einem Tag auf den andern; es hilft nichts. Gestern kam das Geld, seither hab ich alles in Gang gebracht, war im Bonmarché, hatte schon Tapezierer, Tischler hier, kurz, nun wird in ein paar Tagen die neue Stelle anzutreten sein.

Ich wünsche nichts, nichts, als daß ich auf ihr endlich zu ruhiger Leistung komme, auf das bescheidene regelmäßige Leben zurück, das vor den Tagen der rue de Varenne in diesem selben Haus möglich war, und dann weiter, weiter. März und April wird schwierig sein, trotz allem ...

An Sidonie Nádherný
Paris, 17, rue Campagne-Première.
am St. Josephs-Tag, [19. März 1913].

Gestern abend Ihr Telegramm, liebste Freundin, aber ich muß Sie im Stiche lassen, wenigstens nahezu. Ich bin gar nicht bei Erinnerung, Paris ist zu stark, kommt fortwährend mit seiner ganzen Breite zur Gegenwart, und alles was wieder aufzunehmen ist und neu scheint dem erneuten Zusammenhang nach und alles Alte, Anhängliche, das sich bestätigt, wiedererkannt sein will, jeden Augenblick hält mans wie ein Gesicht zwischen den Händen und schaut lange hinein, – was da etwa Erinnerung ist trotzdem, handelt natürlich von Spanien, können Sie sich vorstellen. (Nebenbei, die ganze Sammlung Nemes, in der, neben Cézanne, einige ganz große Greco's sind, kommt nächstens hier zur Versteigerung, vielleicht gerade während Ihres Aufenthalts).

An Marie von Thurn und Taxis
Paris, 17, rue Campagne Première,
Karfreitag [21. März 1913]

Meine liebe Fürstin, – Ihr Brief war ein Lebenselixier, Ihr schöner Brief (und danke für alle seine Nachrichten), aber an mir wirkt alles jetzt langsam, ich werd ihn oft wiederlesen; vor der Hand geh ich, à quelques exceptions près, recht gedrückt herum, erstaunt irgendwie, daß der neue Anfang, so neu er ist, so genau an das alte Ende paßt, auf dem anderthalb Jahre Fernseins sich nur wie ein bißchen Patina abgesetzt haben.

Was, was müßte mir denn geschehen, damit ichs spüre? Duino, Venedig, Toledo, das mir so heftig ans Herz griff, nun ists vorbei wie irgendeine Unterbrechung, wie ein Stück tiefen Schlafs im Freien, Gott weiß: liegts an der Stärke, mit der Paris mich wieder einnimmt, Besitz nimmt von mir, mich in sich hineinsaugt in die Mitte seines Daseins; obwohl traurig, obwohl verwirrt, obwohl nicht zu beneiden, fühl ich draußen zuweilen im Gehen ein Lächeln auf meinem Gesicht, einen Widerschein dieser weiten offenen Luft, nicht anders als eines der Häuser, das schimmert am Straßenausgang, hell hell, ungeachtet vielleicht das Traurigste in ihm geschieht. Welche Wirklichkeit in dieser Stadt, immer wieder staun ichs an, wie steht der Schmerz da, das Elend, das Grauen, jedes wie ein Strauch und blüht. Und jeder Stein im Pflaster ist einem vertrauter als irgendwo anders ein Kissen, ist ein Stein ganz und gar, hart anzufühlen, aber doch wie abstammend von dem Steine, den Jakob unter sein Haupt geschoben hat. La mort du pauvre qui expire, la tête sur une de ces pierres, est peut-être douce quand-même.

An Katharina Kippenberg
Paris, 17, Rue Campagne-Première,
am 27. März 1913

Meine liebe gnädige Frau, es ist Zeit, daß ich Ihnen endlich berichte, wie gut Ihr Brief und der schöne Wetzlar-Aufsatz mir in Ronda getan haben, ich saß damals die Abende und las Stifter, und es war behaglich, zugleich Ihre Nachrichten zu haben. Ganz im Gegenteil zu Paris, war man in Spanien durchaus in der Fremde, nie an ein Dasein gelehnt, beständig der Vision gegenüber, vor hingerissenen Dingen als Zurückbleibender dastehend, nicht wie hier überall von hinreißenden mitgenommen. Ich werde wohl erst mündlich einmal erzählen können, im Augenblick hat Paris unbeschreiblich die Oberhand über alles Vergangene, wie stark und heftig es auch war, oder eben *weil* es so stark und heftig war, daß sich Paris, das licht und mild von allen Seiten einen Durchdringende, dazu verhält, wie die Rekonvaleszenz zum Fieber. Ich war, je länger ich blieb, desto mehr innerlich unterbrochen in Spanien, das Extatische der Landschaft beschämt jeden gelassenen Moment, nur der unaufhörlich erhobene Heilige oder der ohne Aussicht aufgelehnte Held sind auf der Höhe dieser Umgebungen, die anderen stehn finster in ihren Mänteln davor und machen sich, was sie umgibt, zum Hintergrund. Woran ich in Ronda am meisten teil hatte, das war das Hirtendasein auf den großen steinigen Halden mit den malerischen Steineichen, deren jede, sowie ein Wolkenschatten über die Gegend zieht, sich mit Dunkel füllt. Der Ausgang, morgens, der Hirten da hinaus, wenn sie, ausgeruht, den langen Stab wagrecht hinter den Schultern tragen, – ihr stilles, verweilendes, nachdenkliches Draußensein, durch welches hin in seiner ganzen Breite die Größe des Tages strömt, und die Abende wenn sie, unkenntlich, mit der Dämmerung, aus den Tälern heraufsteigen in der ihren Herden nachklingenden Luft und sich oben auf dem Rand noch einmal, schwarz, zur einfachsten Gestalt zusammennehmen; und daß sie die lange Schleuder aus Bast noch gebrauchen, in die David den Stein legte, und mit gezieltem Wurf ein abseitiges Tier zurückschrecken in die Masse der Herde; und daß die Luft Farbe und Geweb ihrer festen Kleider kennt und damit umgeht wie mit dem andern Bestand der abgehärteten Natur; kurz, daß da Menschen sind, hinaus in die Fülle von Einfluß gestellt, die wir nur manchmal, heraustretend aus Beziehungen oder aufschauend aus einem Buch, gewahren: wie sie ist und anhält und fast göttlich vor sich geht, ungedrängt, über den sich drängenden Vorgängen, mit denen wir uns hinbringen: dies konnte wohl zu den reinen Erfahrungen zählen, von denen man die Tage und Nächte, im Ganzen bedeutend, ohne Nebensinn, sich von Zeit zu Zeit wieder mag beibringen lassen. Das Menschliche, das man hier mit soviel Einsicht und Genuß in den Gesichtern aufgeschlagen sieht, ist in Spanien versteckt, vergraben zusammengeballt, es muß einem schon herausgerissen werden oder man wird selber zum Vulkan und schleudert es aus. Der Bettler ist eine Hand, in Spanien, die sich aus einem überall verdeckten Schicksal heraushält, hier ist er so bloß wie ein Strauch, an dem das Elend in Blüte kommt vor den Blättern. Und es ist neu und beschäftigt mich grenzenlos, nach jener elementaren, diese bildliche Welt wieder vorzufinden, die sich zeigt, die sich aussagt, die überall Gesichter bildet –, Gesichter der Erwartung, der Neugier, der Abkehr, Gesichter zu denen alles kommt und Gesichter von denen alles unaufhörlich fortgeht, schauende Gesichter durch die die Vögel fliegen, und angeschaute Gesichter, die nur stillhalten. Es ist eine Überraschung und eine Steigerung wieder hier zu sein.

Dies sind, liebe gnädigste Frau, meine Nachrichten, soweit ich imstand bin, welche zu geben. Alle diese Tage wollte ich schreiben, – nun aber gabs rasch den Ausschlag, daß ich heute morgen erfuhr, daß Sie ein paar schlechte Tage in überaus schmerzhafter Erkrankung durchzumachen hatten. Ich ließ alles andere, um einen kleinen Krankenbesuch machen zu kommen, der Sie hoffentlich schon in eifrigster Besserung antrifft. Und beiliegend noch eine Himmelfahrt Mariae, geschrieben in Ronda: lassen Sie das Blatt einheften, nächstens, in Ihr Exemplar des ›Marienlebens‹.

An Katharina Kippenberg
Paris, 17, Rue Campagne-Première,
am 9. April 1913

[...] vielleicht erinnern Sie sich, wie es immer schon mein Wunsch war, den ›Messias‹ zu besitzen, in Toledo noch meinte ich manchmal, ich würde ihn draußen laut gelesen haben in der Wildnis, in die die nächste Landschaft rings um die Stadt unbändig ausbricht.

An Benvenuta [Magda von Hattingberg]
Paris, 17, rue Campagne Première,
am 26. Januar 1914

Was sind Sie doch, wenn Sie schon reisten, im vorigen Winter nicht plötzlich durch Südspanien gekommen, wie hätt ich Sie empfangen, mein Herz hätte Ihnen Triumphthor um Triumphthor gebaut, Sie hätten sie nur fortwährend einziehen sehen Ihre Musik, denn zur Ankunft wäre es erst ganz innerst in mir gekommen, wo ich selbst noch nie war.

Denken Sie, jener Winter verging mir in einer kleinen spanischen Stadt, nicht weit von Gibraltar, ich hatte eine Zeit in Toledo gewohnt, das schreibt man nun so, das Papier nimmt's ohne Anstand hin –, aber ich kann Ihnen versichern, es war ohne Gleichen, es war das Alte Testament, es war so, als bilde man sichs ein mit der ganzen Fülle der Einbildung, und stand doch jeden Tag da und jede Nacht, jede der unerhörten Nächte. Umsoviel als eine Erscheinung, die einer hat, das bloße Dastehn eines Menschen übertrifft, um genau soviel überwog diese Stadt, diese Landschaft das Dasein der Landschaft, wie wir es kennen. Und da schaute man nun und war, wie Moses, mit dem ganzen

Gesicht ans Ungeheure verpflichtet. Nun hatte ich schon die Jahre vorher oft vor den größesten Eindrücken fremder Länder gestanden, plötzlich in Ronda (jenem südspanischen Ort) wurde mirs klar, daß mein Sehen überladen sei, auch dort noch ging der Himmel so großartig vor und die Wolkenschatten zogen einen solchen Ausdruck über das Wesen der Erde –, ach da saß ich und war wie am Ende meiner Augen, als müßte man jetzt blind werden um die eingenommenen Bilder herum, oder, wenn schon Geschehen und Dasein unerschöpflich sind, künftig durch einen ganz anderen Sinn die Welt empfangen: Musik, Musik: das wär es gewesen. Einmal spielte jemand in dem kleinen Hôtel, ich sah ihn nicht, ich saß im Nebenzimmer und empfand wie in jenes wunderbare Element (ich kenne es kaum, auch war es immer zu stark für mich) die Welt gelöster übergeht, und es gab mir ein überfülltes, fast müheloses Glück, sie von dort her hereinzufühlen, denn mein Gehör ist neu wie eines Tragkindes Fußsohle – [...]

An Benvenuta
Paris, am 9. Februar, [1914],
17, rue Campagne Première. Am 11. früh.

Drei Tage lag hier etwas vom Frühling in der Luft, dann kam letzte Nacht der volle Mond und hielt den Weltraum weit offen, Welt-Kälte strömte herein, heute windets, wölkts und weiß nicht, was es dürfte –, wir müssen noch warten. Frühling, Frühlinge –, früher (wie oft ich dieses Wort muß vornehmen) früher waren die in Paris unter den wunderbarsten, die ich kannte, oft in den freigebigsten Ländern entging mir das Fühlen hier herüber, wenns April wurde stand ich Orangenbäumen zerstreut gegenüber und dachte, nein, athmete hierher. Frühling in einer Landschaft ist leicht, aber Frühling in einer Stadt. Ich weiß nur zwei die's können, ihn *an sich* haben, als ob er überall aus ihren brautblassen Mauern bräche, als ob ihre Fenster ihn erst fingen, den Unsichtbaren, mit ihren Spiegeln und hereinwürfen in die nahe fühlbare Welt (Rom nimmt ihn groß an sein Herz, Rom ist gerührt, Rom giebt ein Fest, Rom, wenn er über die Campagna herüberkommt, schon müde vor lauter Gefühl, – Rom nimmt ihn auf wie der Vater den verlorenen Sohn), aber nur von zwei Städten erfuhr ich, daß sie von ihm durchdrungen sind, daß in ihrem Pflaster, in den Häuserfronten, ja in dem auf einmal nicht mehr kalten Geländer der Brücken keine Stelle ist, die ihn nicht heimlich hat eingesagt bekommen, die ihn weiß, die ihn, auf die leiseste Frage in der Luft, morgen wird antworten können, jede, jede ohne Fehler das ganze Gedicht –: Moskau, das ihn eingesteht wie ein Bauernkind die Schöpfungsgeschichte, die es gut auswendig kann, – und Paris, Paris, das ihn dem Licht in die Augen wirft wie den Blüthenstaub aller Liebe, die sich, seit den Tagen Abälard's, in ihm entzückt und verschwendet hat. Jetzt ist mir *der* Frühling der fühlbarste, den ich vom südlichen Italien her wußte und vor dem ich, genau vor einem Jahr, in der südspanischen Berglandschaft stand, namenlos fühlend. Dort, wo man die Sonne den ganzen Winter über nicht nur als Bild gegenwärtig hat, sondern in kaum verminderten Einwirkungen, begreift man nicht so sehr aus ihr das unaufhaltsame Glück, das sich ereignen will, sogar sieht man ohne zu große Lust die Fortschritte einiger kleiner Mandelbäume und die zunehmende Prahlerei des Himmels, – aber laß nur unvermuthet einen lauen verdeckten Tag kommen, horch, wie von früh an ein Gefühl *mehr* ist in den Vogellauten, wie sie dunkler geworden sind, sich fast ernst abheben, sich rein hinmalen in die weiche Stille; tritt hinaus: fast mit der Schonung, die Du von der Innenseite Deiner eignen Lider kennst, ruht das Graue Dir an das Aug, fast wie Schlaf; und da erst wird Dir der Bäume, über Nacht blühenderes, Rosa zum Wunder, da es *stark* ist vor der Unscheinbarkeit des verhaltenen Regens, stark aus Seeligkeit, (gar nicht überschwänglich) und nun stell Dich so, daß es die Erde zum Hintergrund hat, sieh: unsere, die schwere bereitete mühsame Erde: auch so ist es noch stark, das Rosa –, anders stark, wie man stark ist, wenn man nicht weinen will.

(Stellen aus meinem Taschenbuche, geschrieben vor einem Jahr in Spanien, angesichts der Mandelbäume):

Die Mandelbäume in Blüthe: alles, was wir hier leisten können, ist, sich ohne Rest erkennen in der irdischen Erscheinung.

Unendlich staun ich euch an, ihr Seeligen, euer Benehmen, / wie ihr die schwindliche Zier traget in ewigem Sinn. / Ach wer's verstünde zu blühn: dem wäre das Herz über alle / schwachen Gefahren hinaus und in der großen getrost.

(Und ein paar Tage später, dies):

Die kleinen Vögel in den Stein-Eichen, nichtmehr Prosa redend, dichten schon ein wenig. Wie ein leichtes Wasser plätscherte dem einen das Herz. Woher die Innigkeit der Kreatur? – An einen Stein gelehnt, dies zum Ereignis nehmen. Daran glauben. – Am Bach Sumpfdotterblumen gepflückt, fast grün ein wenig ganz neues Gelb im letzten Augenblick in den Kelch hineingemalt. Im Innern, um die Staubgefäße herum, ein ölgetränkter Kreis –, als hätten sie Butter genascht. Grüner Geruch aus den schlauchigen Stengeln. Ihn dann in der Hand zurückgeblieben finden, durch ihn recht verwandt. Freundinnen, einst in der Kindheit, mit ihren heißen Händen . . . war es dies, was einen so rührte? . . .

An Benvenuta
Am 13. Februar, gegen Abend.

Abends, vor ein paar Tagen, schlug ich den Band Abbildungen zum Greco-Werk auf, »Die Kreuzigung«, und versuchte daneben aus dem Katalog des »Prado« zu entziffern, was ich dort, vor dem Bilde, mit Bleistift, mehr schauend als schreibend, angemerkt hatte. Da las ich das Wort »Musik«.

Sieh: vor den gebrochenen finsteren Himmeln das Kreuz mit der bleichen langen Flamme seines Leibes, und oben, über ihm, die ausführliche Inschrift, länger als man sie kennt, als wärs der endlose Name seiner Nöthe. Maria und Johannes, rechts und links im Bilde, im hingekehrten Dastehn die Richtung seines für immer aufgestellten Schmerzes wiederholend, unfähig zur mehr –, nur über Magdalena kommt, da sie sein Blut aus den übereinander genagelten Füßen strömen sieht, der Eifer des Leidens. Sie stürzt hin, in die Knie, sie hält das am Stamm hinfließende auf, mit umklammernder Hand dicht unter den Füßen und mit der andern, linken, tief unten am Holz: sie will die erste und die letzte sein, es aufzufangen –: aber sie reicht nicht aus. Und wie sie emporblickt, rathlos, durch die schwarzen Flammen der Luft –, da sieht sie es springen aus der Wunde der Brust und stürzen aus den Mälern der Hände: sie sieht nichts als sein Blut. Doch schon wirft sich ein Engel neben sie, schräglings und hilft ihr, – und zwei Engel bilden sich, falterhaft bleich, unter den triefenden Händen oben im Nachtraum und schweben dem Blut entgegen, wie es zu umarmen, hingerissen mit bloßen Händen, und fangen es auf wie Musik.

Hier, diesen Satz erkannte ich zuerst aus den verwischten, vor einem Jahr hingeschriebenen Zeilen – und da ich ihn jetzt lese (lies ihn, lies ihn, sag:) ist nicht die Musik in Wahrheit wie dieses Blut – Magda, Du, hast Du sie nicht manchmal so mit Deinem bestürztesten Herzen aufhalten wollen und konntest es nicht? Hättst es nicht können ohne die Engel, die zu Dir niederfuhren?

SANKT CHRISTOFFERUS

Die große Kraft will für den Größten sein.
Nun hoffte er, ihm endlich hier zu dienen
an dieses Flusses Furt; er kam von zwein
berühmten Herren, die ihm klein erschienen,
und ließ sich dringend mit dem dritten ein:

den er nicht kannte; den er durch Gebet
und Fastenzeiten nicht auf sich genommen,
doch der im Ruf steht, jedem nachzukommen
der alles läßt und für ihn geht.

So trat er täglich durch den vollen Fluß –
Ahnherr der Brücken, welche steinern schreiten, –
und war erfahren auf den beiden Seiten
und fühlte jeden, der hinüber muß.

Und ruhte nachts in dem geringen Haus,
gefaßt zu handeln, jeder Stimme inne,
und atmete die Mühe mächtig aus,
genießend das Geräumige seiner Sinne.

Dann rief es einmal, dünn und hoch: ein Kind.
Er hob sich groß, daß er es überführe;
doch wissend, wie die Kinder ängstlich sind,
trat er ganz eingeschränkt aus seiner Türe
und bückte sich –: und draußen war Nachtwind.

Er murmelte: Was sollte auch ein Kind . . . ?
nahm sich zurück mit einem großen Schritte
und lag in Frieden und entschlief geschwind.

Aber da war es wieder, voller Bitte.
Er spähte wieder –: draußen war Nachtwind.

Da ist doch keiner, oder bin ich blind?
warf er sich vor und ging noch einmal schlafen,
bis ihn dieselben Laute zwingend lind
noch einmal im verdeckten Innern trafen:
Er kam gewaltig:
draußen war ein Kind

Paris, April 1913

[WIR HABEN EINE ERSCHEINUNG]

[Endgültige Fassung]

Wir haben eine Erscheinung. Sie steht in den Zimmern, und auf den leeren Plätzen steht sie um Mitternacht, und wenn es Morgen wird, so wird sie deutlicher mit dem Tag, und wir sehen die Häuser durch ihre durchscheinende Gestalt. Ein Revenant ist davon abhängig, wie viele ihn wahrnehmen. Diesen gewahren alle: er ist aus allen Gräbern gestiegen. Alle gewahren ihn. Aber wer erkennt ihn?

Nein. Ihr sollt nicht bekannt tun mit ihm. Ihr sollt ihm nicht das Zubehör und die Zunamen früherer Kriege anhängen, denn ob es gleich ein Krieg ist, so kennt ihr ihn doch nicht. Da man euch Bilder von Greco zeigte, so gabt ihr zu, daß da ein Erleben sei, das ihr nicht kanntet. Und wenn dieser Krieg ein Gesicht hat, so sollt ihr es ansehn wie das Gesicht Amenophis des Vierten, das vorher nicht da war. Ihr sollt davor stehen, wie neulich vor der Tatsache, daß in ein paar Pferden, bisher unangerufen, eine Gegenwart des bestimmtesten Geistes wohnt; ihr sollt als die, die ihr jetzt seid, den leidenschaftlichen Umgang des Todes hinnehmen und seine Vertraulichkeit erwidern; denn was wißt ihr von seiner Liebe zu euch?

Wir haben eine Erscheinung, – und es hat sie mancher angerufen; sie aber weicht nicht und schreitet durch unsere Wände und steht nicht Rede. Weil ihr tut, als kenntet ihr sie. Erhebt eure Augen und *kennt sie nicht*; schafft ein Hohles um sie mit der Frage eurer Blicke; hungert sie aus mit Nichtkennen! Und plötzlich, in der Angst nicht zu sein, wird euch das Ungeheuere seinen Namen schrein und wegsinken.

1914

An Ellen Delp
München, Keferstraße 11,
am 27. Oktober 1915

Ich dränge auch weiter, aber ich halte mich doch zu sehr im Durchgehen auf, die Natur dahinter zieht mich nicht genug, »Baum, Tier und Jahreszeit«, alles das hat nicht mehr jene unmittelbare Magie über mich, die zu Zeiten, wie eine reine Glücksbestimmung, mein noch so verfangenes Herz überwiegen konnte. Die »Arbeit nach der Natur« hat mir das Seiende in so hohem Grade zur *Aufgabe* gemacht, daß mich nur sehr selten noch, wie aus Versehen, ein Ding gewährend und gebend anspricht, ohne die Anforderung, in mir gleichwertig und bedeutend hervorgebracht zu sein. Die spanische Landschaft (die letzte, die ich grenzenlos erlebt habe), Toledo, hat diese meine Verfassung zum Äußersten getrieben: indem dort das äußere Ding selbst: Turm, Berg, Brücke zugleich schon die unerhörte, unübertreffliche Intensität der inneren Äquivalente besaß, durch die man es hätte darstellen mögen. Erscheinung und Vision kamen gleichsam überall im Gegenstand zusammen, es war in jedem eine ganze Innenwelt herausgestellt, als ob ein Engel, der den Raum umfaßt, blind wäre und in sich schaute. Diese, nicht mehr von Menschen aus, sondern im Engel geschaute Welt, ist vielleicht meine wirkliche Aufgabe, wenigstens kämen in ihr alle meine früheren Versuche zusammen; aber, um die zu beginnen, Ellen, wie müßte einer beschützt und beschlossen sein!

DER TOD

Da steht der Tod, ein bläulicher Absud
in einer Tasse ohne Untersatz.
Ein wunderlicher Platz für eine Tasse:
steht auf dem Rücken einer Hand. Ganz gut
erkennt man noch an dem glasierten Schwung
den Bruch des Henkels. Staubig. Und: ›*Hoff-nung*‹
an ihrem Bug in aufgebrauchter Schrift.

Das hat der Trinker, den der Trank betrifft,
bei einem fernen Frühstück ab-gelesen.

Was sind denn das für Wesen,
die man zuletzt wegschrecken muß mit Gift?

Blieben sie sonst? Sind sie denn hier vernarrt
in dieses Essen voller Hindernis?
Man muß ihnen die harte Gegenwart
ausnehmen, wie ein künstliches Gebiß.
Dann lallen sie. Gelall, Gelall . . . .
. . . .

O Sternenfall,
von einer Brücke einmal eingesehn –:
Dich nicht vergessen. Stehn!

München, 9. November 1915

An Adelheid von der Marwitz
München,
Ainmillerstraße 34 / IV,
am 14. Januar 1919

Nun erst merke ich, wie sehr die Beiträge, die ich für das Insel-Jahrbuch zusammengestellt habe, alle *dieser* Überzeugung dienen, die in mir durch das möglichst genau erzählte »Erlebnis« bestärkt worden ist und auf die auch in dem grotesken Gedicht »Der Tod« angespielt ist. Der an den Baum Gelehnte wurde gewissermaßen zur lauter ansagenden Waage-Zunge zwischen den beiden Waagschalen von Leben und Tod – ein Bild, das ich nicht gebrauchen kann, ohne mich zu erinnern, wie einmal Romain Rolland mir ein kleines Fragment (wie er versicherte): antikischer Musik vorspielte, das nichts anderes als eine Grabschrift in Noten war: eh ich damals wußte, *was* mit dieser Musik gemeint sei, schilderte ich ihm, sie gebe mir das Empfinden von der Bewegung zweier leise gegeneinander sich auswiegender Waag-Schalen, und erschrak fast vor Glück, als er mir gestand, es handle sich um ein Epitaphium, gefunden auf einer Stele des fünften vorchristlichen Jahrhunderts. Aber das eigentümliche, schwer zu beschreibende »Erlebnis« des in den Baum Eingelehnten bedeutet mir noch – ich möchte fast sagen – die natürliche Einweihung in einen noch tiefer und unsichtbarer begriffenen Ausgleich, für den das Bild der Waage nicht mehr benötigt würde. Dieses leichte Dastehen eines Menschen, eines Lebenden, auf der Seite des Todes, ist wie der Zauber in jenem griechischen Gedicht, da zwei Liebende die Kleider tauschen und nun verwirrt und verwechselt, jeder in der Hülle und Wärme des anderen sich umarmen: so ist hier ein leiser und verliebter Tausch des Äußeren vollzogen und die selige Befangenheit des Wechsels ist knapp davor, in eine der reinsten Sicherheiten überzugehen.

Im Gedicht »Der Tod« aber ist zuletzt der Moment aufgerufen, da mir (ich stand nachts auf der wunderbaren Brücke von Toledo) ein in gespanntem langsamen Bogen durch den Weltenraum fallender Stern zugleich (wie soll ich das sagen?) durch den Innen-Raum fiel: der trennende Kontur des Körpers war nicht mehr da. Und wie hier durch das Auge, so war mir schon früher einmal durch das Gehör diese Einheit angekündigt worden –: auf Capri einmal, als ich nachts im Garten stand, unter den Ölbäumen, und der Ruf eines Vogels, über dem ich die Augen schließen mußte, war gleichzeitig in mir und draußen wie in einem einzigen ununterschiedenen Raum von vollkommener Ausdehnung und Klarheit!

An Marie von Thurn und Taxis
Locarno (Tessin) Schweiz
Pension Villa Muralto,
am 18. Januar 1920 (Sonntag)

Paris scheint ganz unmöglich und krank zu sein, auch nach Marthe's Meinung, die es unerträglich findet. – Trotzdem, *je me consume dans mes nostalgies – vers Paris, vers l'Espagne . . . quel pays étroit, la Suisse, si on y est quelque temps, on s'en aperçoit de plus en plus . . .* Am meisten Heimweh aber hab ich nach dem »Richtigen« – nach dem *Elegien*-Ort, den ich immer noch erhoffe, erwarte: Stille, Versorgtheit nach meinem genaueren Bedarf, Natur, Einsamkeit, keine, *keine* Menschen ein halbes Jahr lang! Wann wird das sein? Wo? – Vor mir liegt ein ganz unerwarteter Brief des Fürsten Fürstenberg, der mir (Frau Kippenberg, die Verlegerin, hat das, ich weiß nicht auf

Grund welcher Beziehungen zu Donaueschingen, angestiftet) ein paar Räume in einem (nahe Donaueschingen gelegenen) alten Barockschlößchen Wartenberg (kennen Sie die Gegend?) anbietet. Es liegt schön und still, unten wohnt nur der Schloßverwalter, aber der unterhält leider etwas wie eine Wirthsstube für die zu Zeiten »zahlreichen« Ausflügler (wie der Fürst selber schreibt), die um der Aussicht willen hinkommen. »Zahlreiche Ausflügler«, wenn auch nur manchmal, damit stürzt eigentlich schon dieses neue *Château d'Espagne* (fürcht ich). Auch denk ich ja immer noch, die Elegieen müßten unter Ihrem Schutz fertiggeschrieben sein, vielleicht doch in dem kleinen Haus in Lautschin?

An Marie von Thurn und Taxis
Hôtel Château Bellevue,
Sierre (Valais),
am 25. Juli 1921

... Bereiten Sie mir noch keinen Raum vor, aber brechen Sie auch noch nicht den Stab über mein Kommen: im August vielleicht.

Ich war die letzten Wochen oft sehr nahe dran mich anzusagen, und es kommt in mein etwas schwerflüssiges Gemüt eine eigene Strömung, sooft ich es tun wollte; was mich aber auf der anderen Seite hält, ist dieses wunderbare Valais: ich war unvorsichtig genug, hier herunter zu reisen, nach Sierre und Sion; ich habe Ihnen erzählt, einen wie eigentümlichen Zauber diese Orte auf mich ausüben, da ich sie voriges Jahr, um die Zeit der Weinlese, zuerst sah. Der Umstand, daß in der hiesigen landschaftlichen Erscheinung Spanien und die Provence so seltsam ineinanderwirken, hat mich schon damals geradezu ergriffen: denn beide Landschaften haben in den letzten Jahren vor dem Krieg stärker und bestimmender zu mir gesprochen als alles übrige; und nun ihre Stimmen vereint zu finden in einem ausgebreiteten Bergtal der Schweiz! Und dieser Anklang, diese Familienähnlichkeit ist keine Imagination. Noch neulich las ich in einem Abriß über die Pflanzenwelt des Wallis, daß gewisse Blumen hier auftreten, die sonst nur in der Provence und in Spanien vorkommen; ein gleiches ists mit den Schmetterlingen: so trägt der Geist eines großen Stromes (und der Rhône ist mir immer einer der wunderbarsten gewesen!) die Begabungen und Verwandtschaften durch die Länder. Sein Tal ist hier so breit und so großartig mit kleinen Anhöhen ausgefüllt im Rahmen der großen Randgebirge, daß dem Blick ein Spiel der reizvollsten Veränderungen, gewissermaßen ein Schachspiel mit Hügeln, fortwährend bereitet ist. Als würden noch Hügel verschoben und verteilt – so schöpfungshaft wirkt der Rhythmus der mit dem Standpunkt jedesmal erstaunlich neuen Anordnung des Angeschauten –, und die alten Häuser und Burgen bewegen sich in diesen optischen Spielen um so reizvoller, als sie meistens wieder den Hang eines Weingeländs, den Wald, die Waldwiese oder das graue Gestein zum Hintergrund haben, ihm eingeeignet wie die Bilder einer Tapisserie; denn der unbeschreiblichste (fast regenlose) Himmel nimmt von weit oben her an diesen Perspektiven teil und beseelt sie mit einer so geistigen Luft, daß das besondere Zueinanderstehen der Dinge, ganz wie in Spanien, zu gewissen Stunden jene Spannung aufzuweisen scheint, die wir zwischen den Sternen eines Sternbildes wahrzunehmen meinen.

[...] Wenn man sich vom Tal her nähert, steht es [das Schloß] jedesmal wie ein Zauber da, über den (jetzt schon verbrannten) Rosengängen seines Gartens, in der Farbe des uralten Hausteins, der graue und violette Töne hat, aber in der Sonne sich golden geröstet und gebräunt hat, auch wieder wie gewisse Mauern in Andalusien.

An Nora Purtscher-Wydenbruck
Château de Muzot sur Sierre, Valais,
am 17. August 1921

. . . immer, so oft ich meine, mit der Schweiz fertig zu sein, entsteht irgendeine unerwartete Gegenbewegung in den gastlichen Kräften dieses Landes –, ich schrieb, nein telegraphierte, Ihnen zuletzt noch vom Bellevue aus, – aber da stand es schon in Sicht, daß ich hier, etwas über Sierre, einen alten Turm würde beziehen können, im Lande »Château de Muzot« genannt, einen Turm mit fernster Vergangenheit, in den einzuziehen, hart und rüde wie er ist, dem Anlegen einer alten Rüstung nicht ganz unähnlich war –, die Versuchung, die derartige Möglichkeiten seit je auf mich ausübten, behielt auch diesmal den Sieg, ich übernahm Muzot, richtete es ein, d. h. – um, mit den darin vorhandenen Dingen (teils solchen des 17. Jahrhunderts) –, und nun sollts auf einen Versuch hinauslaufen, ob mir dieses refuge etwa für den nächsten Arbeitswinter, den ich ja, wie Sie wissen, schon im Herbst antreten will, sich passend erweisen möchte.

Die Probe allein hatte in diesen Julitagen (*drei*fachen Sommers möchte man gefühlt haben) etwas Gewaltiges, es war mehr an dem, daß diese strenge Tour de Muzot mich erprobte denn ich sie –, und ich habe Tage des Fast-Krankseins gehabt und viele wenigstens der unaufraffbarsten Apathie im Kampfe mit der Hitze und den nächsten Übelständen oder doch – sagen wir – Anforderungen meiner ritterlichen Behausung. Sie verfluchen, ach, so und so oft, und doch sie nicht aufgeben können, um der eigentümlichsten Anziehung willen und aus Rücksicht auf dieses wunderbare Rhônetal, das mich zu zwei vorläufig verlorenen Landschaften hinbezieht: Spanien und die Provence –, die für mich – einst, vor 1914, – vom größten Einfluß waren und an die ich mich durch die hiesigen Umgebungen auf das seltsamste erinnert und wiederangeschlossen glaube.

An Gertrud Ouckama Knoop
Château de Muzot sur Sierre / Valais (Suisse),
am 26. November 1921

München, wenn Sie es so ausdrücken, daß ich es »noch meide«, so wird mir klar, daß ich nie dahin eigentlich zurückkommen möchte, – hatte es sich mir doch . . . als nicht recht brauchbar erwiesen. Man hat ja nun (: denn wie oft schon stand ich während dieser zweieinhalb Jahre an der Grenze) überall in Bayern, im Württembergischen, sogar in Kärnten nach einer ländlichen Ansiedelung für mich gesucht, – aber mit wenig Aussicht auf das Zusägliche, Genaue, – und so war ich am Ende außerordentlich erleichtert, als das Wunder der Schweizer Gastfreundschaften, in dem ich mich, ohne sonst weiter zu wissen, hinhalte, noch ein neues Kapitel bekam: dieses, vielleicht sein seltsamstes.

Denn dieses Wallis (: ja, wieso nennt mans nicht, wenn man die berühmtesten Gegenden der Erde aufzählt?) ist eine unvergleichliche Landschaft; erst erfaßt ichs noch nicht in Wahrheit, weil ichs *verglich*: mit dem Bedeutendsten meiner Erinnerungen, mit Spanien, mit der Provence (der es ja in der Tat, durch den Rhône, blutsverwandt ist), aber erst seit ichs ganz um seiner selbst willen anstaune, offenbart es mir seine großen Verhältnisse und in ihnen, nach und nach erkennbar, die süßeste Anmut und die stärkste inständigste Überlieferung.

An Gräfin Sizzo
Château de Muzot sur Sierre, Valais,
am Drei-Königs-Tage 1922

Meine Gnädigste Gräfin, seit ich vor Jahren einmal, in meinem spanischen Winter, dort den Drei-Königs-Tag mit feiern durfte, wo Weihnachten fast unbeachtet – mit Ausnahme der messe de minuit – vorübergeht, während dieses heutige Fest den eigentlichen Bescherungsabend bringt, mit allen seinen schimmernden Überraschungen –, mag ich den Tag nie ganz ohne eine feierlichere Betonung lassen: erlauben Sie mir (daß ich diesem Vorsatz nicht untreu werde), die Heiligen Drei Könige heute zu feiern, indem ich gleich daran gehe, Ihnen für Ihren gestern eingetroffenen, überaus gütigen Brief zu danken.

An Lotti von Wedel
Château de Muzot sur Sierre/Valais,
am 28. *Januar* 1922

Genug: Sie erzählen von der Torre de las Danas – und ich war sofort bei der Sache, – und ob ich mir gleich versprochen habe, vor Abschluß gewisser Arbeiten keine Reisepläne auch nur zu bedenken, – so warf ich mich doch mit Entzücken in ein Übernächstes hinüber, in dessen Großmütigkeit dergleichen Erfüllung würde stattfinden dürfen. »Frühling 1923« schrieb ich mir als Datum über mein künftiges Granada, – anders hätt ichs kaum ausgehalten, Ihre Beschreibungen zu lesen. Nun, dann werd ich mich sehr in

Ihren Rat und unter Ihre Protektion stellen, um dorten bis ins »Unzugänglichste« vorzudringen! Wie müssen Sie alles das erlebt und aufgenommen haben!

An Gertrud Ouckama Knoop
Château de Muzot s/ Sierre, Valais (Suisse),
am 9. Februar spät [1922]

Da kommt, zu der Sendung vom 7ten, noch gleich ein Nachtrag,

verehrte Freundin, nämlich, es bereitet mir so großes Mißbehagen, an jenes XXIe Gedicht zu denken, das »leere«, in dem die »Transmissionen« vorkommen (: »O das Neue, Freunde, ist nicht dies«)..., bitte, überkleben Sie's gleich mit diesem, heut geschriebenen, *Frühlings-Kinder-Lied*, das eher den Gesamtklang bereichert und, als pendant, nicht schlecht steht, dem Schimmel-Weihgeschenk gegenüber...

Dieses Liedchen hier, wie es mir heut, im Erwachen, aufkam, ganz fertig bis zur achten Zeile, und gleich darauf der Rest, erscheint mir als eine Auslegung einer »Messe« – ja einer, wie mit aufgehängten Girlanden von Klang heiter begleiteten, wirklichen *Messe*: die Klosterkinder sangen sie, ich weiß nicht, mit welchem Text, aber so in diesem Tanzschritt, in der kleinen Nonnenkirche zu *Ronda* (in Südspanien –), sangen sie, man hörts, zu Tamburin und Triangel! – Nicht wahr, es paßt, wenn man so will, in jene Zusammenhänge der Sonette an Orpheus: als der lichteste Frühlings-Ton darin? (Ich glaube.)

(Ob das Papier ungefähr stimmt? Ich hoffe, es ist das gleiche.)

XXI

Frühling ist wiedergekommen. Die Erde
ist wie ein Kind, das Gedichte weiß;
viele, o viele ... Für die Beschwerde
langen Lernens bekommt sie den Preis.

Streng war ihr Lehrer. Wir mochten das Weiße
an dem Barte des alten Manns.
Nun, wie das Grüne, das Blaue heiße,
dürfen wir fragen: sie kanns, sie kanns!

Erde, die frei hat, du glückliche, spiele
nun mit den Kindern. Wir wollen dich fangen,
fröhliche Erde. Dem Frohsten gelingts.

O, was der Lehrer sie lehrte, das Viele,
und was gedruckt steht in Wurzeln und langen
schwierigen Stämmen: sie singts, sie singts!

Muzot, 9. Februar 1922

An Xaver von Moos
Château du Muzot sur Sierre/Valais,
am zweiten März 1922

Was die Berge angeht, ja, so wundern Sie sich mit Recht, mich zwischen ihnen angesiedelt zu sehen, statt in einer der mir von vornherein verwandteren Ebenen; Gebirge sind mir in der Tat wider die Natur, ihren großen Begriff bildete ich mir spät, eigentlich erst angesichts des Tel-Atlas, am Rande der Wüste –: das erste Gebirg für mich, das ich in seiner Ordnung und Erhabenheit »einsah«. Freilich auch, die Pyrenäen waren schon eine Vorstufe für mein Einsehen –, und gerade an sie, an die Provence und an Spanien (Länder, die von großem Einfluß gewesen sind auf die Arbeiten, die mich eben beschäftigen), schloß ich mich mit den wunderbaren Gegebenheiten des Wallis irgendwie wieder an. Es sind nicht seine Berge, die mich überzeugen, sondern der merkwürdige Umstand, daß sie (sei es durch ihre Gestaltung oder auch ihre besondere Verteilung) raum-schaffend sind: wie eine Rodinsche Skulptur eine eigene Geräumigkeit in sich mitbringt und um sich herum ausgibt: so benehmen sich – für meinen Blick – die Berge und Hügel in diesen Gegenden des Valais; unerschöpflich geht Raum aus und zwischen ihnen hervor, so daß diese Talschaft des Rhône alles andere als eng ist –, so durchaus verschieden von jenen (z. B. oft so pittoresken, aber das Gefühl beengenden) Tälern in Graubünden. –

An Gräfin Sizzo
Château de Muzot sur Sierre,
Valais (Schweiz), am 17. März 1922

Meine verehrte Gnädigste Gräfin, der siebenzehnte ist ein zu schönes Datum, als daß ich mich nicht versucht fühlen sollte, es gleich über ein paar Blättchen zu setzen, mit denen ich bitte, Ihren (gestern eingetroffenen) gütigen Brief erwidern zu dürfen. – Ich darf dies um so mehr, als meine Arbeit, die tief und lang unterbrochen gewesene, gerettet scheint –, nicht nur *sie* liegt nun vor, sondern auch ein kleiner Band »Sonette« (die Sonette an Orpheus) ist mir in den Unvorsehlichkeiten des Arbeitssturms gewissermaßen hinzugeschenkt worden. – Was aber jene größeren Gedichte angeht, *ja*, so handelt es sich um jene im Winter 1912 auf Duino begonnenen, dann in Spanien und Paris fortgeführten Arbeiten, deren Vollendung und Ausgestaltung Krieg und Nachkrieg – wie ich oft fürchten mußte – zu vereiteln drohten. Das wäre hart gewesen; denn diese Gedichte enthalten das Wichtigste und Gültigste, was ich um die Zeit meiner Lebensmitte festzustellen vermocht hatte –, und es wäre das bitterste Verhängnis gewesen, an der reifsten inneren Stelle abgesagt zu bleiben und *das* nicht gestalten zu dürfen, wofür so viel Voraussetzungen von Leid und soviel Vermutungen der Seligkeit vorgewirkt hatten. Diese »Elegien« (so waren die Gedichte von Anfang an genannt, – es werden nun *zehn* sein –) sollen nun unter dem Titel: »Die Duineser Elegien« erhalten bleiben, um so mehr, als die Kriegsläufe die schützenden Mauern jenes wunderbaren adriatischen Schlosses (in dessen gastlicher Einsamkeit die ersten beiden Elegien und mehrere Fragmente, die nun in den späteren Gedichten vorkommen, entstanden sind) fast bis auf die letzte Spur zerstört haben [. . .]

An Nora Purtscher-Wydenbruck
Muzot s/Sierre (Valais),
am 20. Dezember 1923

Vergessen Sie nicht, daß die Elegien 1912 auf Duino begonnen wurden; das müßte sie Ihnen noch näher bringen. Die beiden ersten entstanden dort ganz, aber auch Fragmente der späteren waren vorausgekommen; andere Bruchstücke datieren: Toledo, Ronda, Paris; dann aber kam die tiefe verhängnisvolle Unterbrechung, und nun hat erst Muzot alles Vorhandene und jenes dazu noch zu Leistende in ein Ganzes und Heiles und Bleibendes gerettet: womit ein geistiges Jahrzehnt geschlossen erscheint.

An Alfred Schaer
Château de Muzot s/Sierre/Valais,
am 26. Februar 1924

Sehr geehrter Herr Dr. Schaer, eine längere, durch Unwohlsein verursacht gewesene Abwesenheit von Muzot hat mich in Arbeit und Korrespondenz so weit in Rückstand gebracht, daß ich mir, auch Ihnen gegenüber, ein arges Versäumnis vorzuwerfen habe; Ihr aufmerksamer Brief trägt das Datum des 3. Februar!

Wenn schon die Güte Ihrer Zuwendung mir an sich verpflichtend sein mußte, so wird mein Spätsein um so schuldiger vor der Tatsache, daß Ihr Schreiben zwei Fragen enthält, die raschere Beantwortung verdient hätten.

Die eine Anfrage zu beantworten, ist kurz und einfach: es ist, seit den beiden Bänden der Neuen Gedichte (Neue Gedichte und der Neuen Gedichte anderer Teil) keinerlei Veröffentlichung von Versen aus meinen Beständen erfolgt, bis zu den beiden neuen Büchern, die Sie ja kennen und nennen.

Was aber die zweite Erkundigung angeht, so wissen Sie selbst, wie schwer und langwierig eine Beantwortung des in ihr eröffneten Themas sein möchte; ja ich muß sofort gestehen, daß ich mich dazu nicht recht fähig fühle. In meiner frühesten Zeit, vor fünfundzwanzig, vor dreißig Jahren, konnte wohl von »Einflüssen«, die sich einfach und namentlich anführen lassen, die Rede sein. Der Name Jacobsen für sich allein bedeutet da eine ganze bestimmte Epoche meines Lebens: er war wirklich der »Jahres-Regent« meines Himmels-Erdenjahrs. Und wenn ich an den Bang (des Grauen und Weißen Hauses) denke, so möchte da ein Stern erster Größe verzeichnet sein, nach dessen Erscheinung und Stellung ich mich eine ganze Weile in dem Dunkel meiner Jugend (die anders dunkel war und anders zwielichtig, als heute Jugenden sind) zurechtfand. Liliencrons Namen war mir sehr wunderbar in jenen Jahren, der Dehmels hart und bedeutend; Hofmannsthals Dasein bewies einem irgendwie, daß der unbedingteste Dichter als Zeitgenosse möglich sei –, und in Stefan Georges unnachgiebiger Gestaltung ahnte man das wiederentdeckte Gesetz, dem keiner fortan, wenn es ihm um das Wort als Magie zu tun ist, sich würde entziehen können. In diese so erfahrenen Beziehungen wirkten die Russen hinein, Turgeniew zuerst, und, der mich auf diesen Meister hingewiesen hatte, Jacob Wassermann, durch seine Person sowohl, wie durch seine ersten, schon eigentümlich beherrschten Arbeiten. Gerhart Hauptmanns, zu dem auch persönliche Beziehungen bestanden – Michael Kramer zu erkennen, war ein Stolz jener Jahre. Mit der ersten Reise nach Rußland (1899) und dem Erlernen der russischen Sprache, in der ich dann rasch und fast nicht mehr gehemmt, die Bezauberung Puschkins und

Ljermontows, Njekrassows und Fets und so vieler anderer Einfluß erfuhr. . ., mit diesen entscheidenden Einbeziehungen verändert sich dann die Situation so gründlich, daß ein Verfolgen von Beeinflussungen absurd und unmöglich erscheint: es sind unzählige! Was hat nicht alles gewirkt! Das eine durch seine Vollkommenheit, anderes, weil man sofort begriff, daß es besser oder anders zu machen sei. Dies, weil man es gleich als zugehörig und maßgebend erkannte, jenes, weil es sich aufdrängte, mit Feindschaft, ohne faßlich, ja beinah ohne erträglich zu sein. Und das Leben! Die Gegenwart des plötzlich unerschöpflich eröffneten Lebens, das mir in Rußland noch wie ein Bilderbuch sich aufschlug, in das ich dann aber, seit meiner Übersiedlung nach Paris (1902), mich einbezogen wußte, überall mitteilend, mitgefährdet, mitbeschenkt! Und die Kunst . . . die Künste! Daß ich Rodins Sekretär gewesen sei, ist nicht viel mehr als eine hartnäckige Legende, erwachsen aus dem Umstande, daß ich ihm einmal, vorübergehend, während fünf Monaten (!), in seiner Korrespondenz behilflich war . . . Aber sein *Schüler* bin ich viel besser und viel länger gewesen: denn auf dem Grunde aller Künste wirkte die eine, gleiche Forderung, die ich nie so rein übernommen habe, wie durch die Gespräche mit dem gewaltigen Meister, der damals noch, obwohl im höchsten Alter, voll von lebendiger Erfahrung war; im eigenen Metier besaß ich einen sehr großen und rühmlichen Freund, Emile Verhaeren, den in seiner harten Herrlichkeit so menschlichen Dichter, – und als das stärkste Vorbild stand, seit 1906, das Werk eines Malers vor mir, Paul Cézannes, dem ich dann, nach dem Tode des Meisters, auf allen Spuren nachging.

Aber ich frage mich oft, ob nicht das an sich Unbetonte den wesentlichsten Einfluß auf meine Bildung und Hervorbringung ausgeübt hat: der Umgang mit einem Hund; die

Stunden, die ich zubringen konnte, in Rom einem Seiler zuschauend, der in seinem Gewerb eine der ältesten Gebärden der Welt wiederholte, . . . genau wie jener Töpfer, in einem kleinen Nil-Dorf, neben dessen Scheibe zu stehen, mir unbeschreiblich, in einem geheimsten Sinne ergiebig war. Oder daß es mir vergönnt gewesen ist, mit einem Hirten durch die Landschaft der »Baux« zu gehen, oder in Toledo, mit ein paar spanischen Freunden und ihren Gefährtinnen, in einer verarmten kleinen Pfarrkirche eine uralte Novene singen zu hören, die einmal, im 17ten Jahrhundert, als man die Überlieferung dieses Gebrauchs unterdrückte, in derselben Kirche von Engeln gesungen war . . . Oder daß ein so inkommensurables Wesen wie Venedig mir vertraut ist, bis zu dem Grade, daß Fremde mich in der Vielwendigkeit der »Calli« mit Erfolg nach jedem Ziele fragen konnten, das ihnen erwünscht war . . . , dies alles, nicht wahr?, war »Einfluß« –, und der größeste bleibt vielleicht zu nennen: daß ich *allein* sein durfte in so viel Ländern, Städten und Landschaften, ungestört, mit der ganzen Vielfalt, mit allem Gehör und Gehorsam meines Wesens einem Neuen ausgesetzt, willig ihm zuzugehören und doch wieder genötigt, mich von ihm abzuheben . . .

Nein, in diese einfachen Vollziehungen, die das Leben mit uns begeht, können, wenigstens später, Bücher nicht ganz entscheidend herüberwirken; vieles, was, aus ihnen, mit seinem Gewicht sich in uns legt, mag da rein aufgewogen sein durch die Begegnung mit einer Frau, durch eine Verschiebung in der Jahreszeit, ja durch den bloßen Wechsel des Luftdrucks . . . , dadurch zum Beispiel, daß unversehens zu einem so und so beschaffenen Morgen ein »anderer« Nachmittag gehört –, oder was Ähnliches dergleichen uns fortwährend widerfährt.

Die Frage nach »Einflüssen« ist natürlich möglich und

zulässig, und es mag Fälle geben, wo die Antwort die überraschendsten Aufschlüsse mit sich bringt; indessen, wie immer sie auch lautet, sie muß sofort wieder an jenes Leben, aus dem sie stammt, zurückgegeben werden und gewissermaßen aufs Neue in ihm aufgelöst. Diesem Gefühle folgend, versuchte ich hier, um überhaupt zu antworten, schon so etwas wie eine »Lösung« zuzubereiten. Möge sie, sehr geehrter Herr Doktor, in Ihrem Probierglas nicht zu verdünnt erscheinen und noch einige Eigenschaften beweisen, die die Untersuchung und Überwachung, die Sie daran wenden wollen, lohnen.

Empfangen Sie den Ausdruck meiner vollkommenen Ergebenheit:

Rainer Maria Rilke

An Witold Hulewicz
[Dieser Brief, ohne Datum, beginnt als ausgefüllter Fragebogen – und wird auf zwei hinzugefügten Briefbogen fortgesetzt und beendigt.]
Briefstempel: Sierre, 13. XI. 25

Der Tod ist die uns abgekehrte, von uns unbeschienene *Seite des Lebens*: wir müssen versuchen, das größeste Bewußtsein unseres Daseins zu leisten, das in *beiden unabgegrenzten Bereichen* zu Hause ist, *aus beiden unerschöpflich genährt* ... Die wahre Lebensgestalt reicht durch *beide* Gebiete, das Blut des größesten Kreislaufs treibt durch beide: es *gibt weder ein Diesseits noch Jenseits, sondern die große Einheit*, in der die uns übertreffenden Wesen, die »Engel«, zu Hause sind. Und nun die Lage des Liebes-Problems in dieser so, um ihre größere Hälfte erweiterten, in dieser nun erst *ganzen*, nun erst *heilen Welt*. Es nimmt mich wunder, daß Ihnen die »Sonette an Orpheus«, die mindestens ebenso »*schwer*« sind, von der gleichen Essenz erfüllt, nicht hilfreicher sind zum Verständnis der »Elegien«. Diese sind 1912 (auf Duino) begonnen, in Spanien und Paris – fragmentarisch – fortgeführt bis 1914; der Krieg unterbrach diese meine größeste Arbeit vollständig; als ich 1922 (hier) diese wieder aufzunehmen wagte, kamen den neuen Elegien und ihrem Abschluß die, in wenigen Tagen, stürmisch sich auferlegenden »Sonette an Orpheus« (die *nicht* in meinem Plane waren) zuvor. [...]

Der »Engel« der Elegien hat nichts mit dem Engel des christlichen Himmels zu tun (eher mit den Engelgestalten des Islam) . . . Der Engel der *Elegien* ist dasjenige Geschöpf, in dem die Verwandlung des Sichtbaren in Unsichtbares, die wir leisten, schon vollzogen erscheint. Für den Engel der Elegien sind alle vergangenen Türme und Paläste existent, *weil* längst unsichtbar, und die noch bestehenden Türme und Brücken unseres Daseins *schon* unsichtbar, obwohl noch (für uns) körperhaft dauernd. Der Engel der Elegien ist dasjenige Wesen, das dafür einsteht, im Unsichtbaren einen höheren Rang der Realität zu erkennen. – Daher »schrecklich« für uns, weil wir, seine Liebenden und Verwandler, doch noch am Sichtbaren hängen. – Alle Welten des Universums stürzen sich ins Unsichtbare, als in ihre nächst-tiefere Wirklichkeit; *einige Sterne steigern sich unmittelbar und vergehen im unendlichen Bewußtsein der Engel* –, *andere sind auf langsam und mühsam sie verwandelnde Wesen angewiesen, in deren Schrecken und Entzücken sie ihre nächste unsichtbare Verwirklichung erreichen. Wir sind*, noch einmal sei's betont, *im Sinne der Elegien, sind wir diese Verwandler der Erde, unser ganzes Dasein, die Flüge und Stürze unserer Liebe, alles befähigt uns zu dieser Aufgabe* (neben der keine andere, wesentlich, besteht).

Das Château de Muzot: »... wie gewisse Mauern in Andalusien.«

An Arthur Fischer-Colbrie
Château de Muzot sur Sierre (Valais), Schweiz,
am 18. Dezember 1925

Zum anderen: ich wohne seit 1921 in einem alten Turm dieses französischen Kantons; die Schweiz, im Allgemeinen, ihr Boden, die Beziehungen, die mir hier tragkräftig geworden sind, und nicht zuletzt das Ereignis der großgearteten Landschaft des Wallis, an die ich mich tiefer angeschlossen habe von Jahr zu Jahr: alle diese Gegebenheiten machen zusammen das aus, was mir, nach dem bösen Unterbrochensein und allem Wirrsal der Kriegsjahre, zu einer Rettung meines Lebens und meiner Arbeit geworden ist. Ich kann die einzelnen Umstände nicht aufzählen, die mir die Fügung meines Hieraufgenommenseins als die wunderbarste erscheinen lassen, aber es ist leichter zu erweisen, daß sie die fruchtbarste gewesen ist. Man stelle sich vor, daß die »Elegien« (1912 auf dem, im Kriege zerstörten, Schlosse Duino begonnen, bis August 1914 in Spanien und in Paris fragmentarisch fortgeführt ...) durch die äußeren Verhältnisse, in die mich die Geschicke der Kriegszeit gestürzt hatten und mehr noch durch meine innerste Erstarrung, unterbrochen geblieben waren; nirgends wie hier, im Wallis, dem mir damals völlig unbekannten Land, konnte ein solcher Vorrat unvermutbarer Beistände versammelt sein: denn hier geschah, und alles war hilfreich dazu, in der strengen Einsamkeit des Winters 1921/22, der kaum mehr erhoffte Wiederanschluß an die Arbeitsbruchstellen des Jahres Vierzehn, und er war so rein und so leidenschaftlich, und dabei von solcher Milde des Anheilens, daß aus wenigen Wochen unbeschreiblicher Hingebung das Ganze der Elegien sich erhob, als ob es niemals abgebrochen, ja in seinen einzelnen Brocken schon erstarrt gewesen wäre.

An Veronika Erdmann
Val-Mont par Glion sur Territet (Vaud),
am 1. März 1926

Es ist eines der Wunder gewesen, durch die mein Leben möglich und ergiebig war, daß ich, im »Canton du Valais«, dieses uralte Manoir finden durfte, »Château de Muzot« genannt, dessen Härte mich zur dringendsten Einsamkeit zusammenfaßte, während die Talschaft ringsum und die großen Gestaltungen des Rhonetals mir Maße und Gleichnisse für die inneren Erscheinungen anboten, die das gesteigerte große Alleinsein aufkommen ließ. Daß überdies über dieser Landschaft das vibrierende leichte und geistige Licht der »Ile de France« ruht und daß sie, in ihrer fast heroischen Gestaltung, mir die spanischen Erinnerungen vorhielt und tiefer aneignete, ergab die schon fast aufgegebene Fähigkeit, vor dem Kriege in jenen Ländern Begonnenes fortzusetzen und zu heilem Ende zu bringen, ohne Naht.

An eine junge Freundin
z. Z. Val-Mont par Glion (Vaud),
am 17. März 1926

Ich würde Ihnen gern diejenigen Tatsachen aus meinem Leben kenntlich machen, die fähig wären, Ihre aufmerksame und ergriffene Beschäftigung mit meinen Schriften zu belohnen . . . , aber welche sind das? Vielleicht müßte man auf die Kindheit zurückgehen, vielleicht wäre es nötig, von einigen Reisen zu sprechen, von Begegnungen, von dem Gelebthaben in den und jenen Städten. Sie können sich wohl denken, wieviel Einfluß Umgebungen auf mich gehabt haben, mehrere Länder, in denen ich, durch eine wiederholte

Geduld und Langmut meines Schicksals, nicht nur als Reisender mich habe aufhalten, sondern wo ich habe wirklich *wohnen* dürfen, unter den lebhaftesten Anschlüssen an die Gegenwart und Vergangenheit dieser Länder . . . Italien kannte und liebte ich seit meinem achten Jahr, – es war in seiner deutlichen Vielfalt und Formfülle, sozusagen, die Fibel meines beweglichen Daseins. Das Entscheidende war Rußland: weil es mir, in den Jahren 1899 und 1900, nicht allein eine mit nichts zu vergleichende Welt, eine Welt unerhörter Dimensionen, eröffnete, sondern auch, durch seine humanen Gegebenheiten, mir gewährte, mich unter Menschen brüderlich eingelassen zu fühlen (eine unerläßliche Erfahrung, auf die ich indessen, als einziges Kind meiner Eltern und fast ohne wirklichen Verkehr bis dahin –, in keiner Weise vorbereitet war). Rußland (Sie erkennen das in Büchern, wie etwa dem Stundenbuch) wurde, in gewissem Sinne, die Grundlage meines Erlebens und Empfangens, ebenso wie, vom Jahre 1902 ab, Paris – das unvergleichliche – zur Basis für mein Gestaltenwollen geworden ist. Unter dem großen Einfluß Rodins, der mir eine lyrische Oberflächlichkeit und ein billiges (aus lebhaft bewegtem, aber unentwickeltem Gefühl stammendes) À peu près überwinden half, durch die Verpflichtung, bis auf weiteres, wie ein Maler oder Bildhauer, *vor der Natur* zu arbeiten, unerbittlich begreifend und nachbildend. Das erste Ergebnis dieser strengen guten Schulung war das Gedicht Der Panther – im Jardin des Plantes in Paris –, dem man diese Herkunft ansehen mag. Seit jenem Jahr (1902) blieb mein Wohnsitz nach Paris verlegt, was nicht hindert, daß ich mich zwischendurch viele Monate lang in Italien, in Skandinavien (Dänemark und Schweden) aufhielt, Algier, Tunis und Ägypten kennen lernte, die französische Provinz und schließlich, als bedeutendstes Ereignis nach Rußland und dem unerschöpflichen Paris: Spanien, von Toledo aus, wo ich einen Winter über (1912) gewohnt habe. Die erste wirkliche Zusammenfassung so verschiedenartiger, nur durch die unbedingte Aneignung verwandter Einflüsse erfolgte in meinen jüngsten Büchern, den »Sonetten an Orpheus« und den schwierigen »Elegien« (die schon 1912 begonnen worden waren, um dann die lange Unterbrechung des Krieges zu erleiden). Soviel wüßte ich etwa in Kürze anzudeuten. Wenn es wenig ist, sehr wenig, so reicht es vielleicht aus, Ihnen Lust zu einigen genaueren Fragen zu machen, auf die ich (soweit meine Zeit es zuläßt) gerne eingehen will. Haben Sie Dank, für heute, für die Stärke und Ausdauer Ihrer Zuwendung:

Rainer Maria Rilke

Nachwort

»Mein Gott, wie viele Dinge hab ich lieb gehabt, weil sie etwas von diesem da zu sein versuchten, weil ein Tropfen dieses Blutes in ihrem Herzen war und nun solls das Ganze sein, halt ichs denn aus?« schreibt Rainer Maria Rilke im November 1912 in seinem ersten Brief aus Toledo. Sein Interesse an Spanien war schon früh erwacht und galt zunächst der bildenden Kunst. 1902 hatte er in Paris den spanischen Maler Ignacio Zuloaga kennengelernt. Zwei Jahre später berichtete er Lou Andreas-Salomé über seine Freundschaft zu ihm: »Er war neben Rodin der einzige Mensch, mit dem ich mich während des Pariser Aufenthalts tief und lange berührte und dessen Wichtigkeit und Wert ich fühle und sagen kann.« Aus dem Vorhaben, eine Monographie über Zuloaga zu schreiben, entstand im Laufe des Jahres 1903 der Plan für eine Reise nach Spanien. Erst neun Jahre später sollte er ihn verwirklichen.

Zuloaga ist es zu verdanken, daß Rilke auf das Werk des damals fast vergessenen Malers El Greco aufmerksam wurde, und es waren – außer den Begegnungen mit dem Freund – die Bilder El Grecos, die Rilkes Interesse an Spanien lebendig hielten. Zwischen 1904 und 1912 besuchte er mehrere Ausstellungen, in denen Gemälde El Grecos versammelt waren, darunter der »Heilige Antonius«, der »Heilige Franz von Assisi«, eine »Heilige Maria«, »Laokoon« und »Toledo«. »Sie wissen, daß Greco zu den größten Ereignissen meiner letzten zwei oder drei Jahre gehört«, schreibt Rilke am 2. Oktober 1912 an Anton Kippenberg. Vor allem das Toledo-Bild weckt in Rilke den Wunsch, diese Stadt mit eigenen Augen zu sehen und dort eine Zeitlang zu leben: »Es müßte herrlich sein, diese Stadt zu sehen und den Greco im Zusammenhang mit ihr.« Das Verlangen, Toledo zu sehen, steigerte sich zur inneren Notwendigkeit: »Wenn ich schon ans Schauen denke«, schrieb er an Sidonie Nádherný, »so mein ich innerlich immer, Toledo nöthig zu haben, Greco.«

Seit Rilke Anfang 1912 in Duino die beiden ersten seiner *Duineser Elegien* geschrieben hatte, quälte ihn eine schwere Schaffenskrise. Toledo, wie er es von den Bildern El Grecos kannte, gab ihm die Hoffnung, dort die Atmosphäre zu finden, die er brauchte, um das Werk zu vollenden. Zudem glaubte er, das spanische Klima würde seiner Gesundheit förderlich sein, und so plante er, den ganzen Winter in Spanien zu verbringen. Ende Oktober brach er von München aus nach Toledo auf.

Die Stadt übertrifft all seine Erwartungen. Auf langen Spaziergängen nimmt er ihre Einzelheiten in sich auf: die Häuser, die Gassen, den Himmel über ihr, die Landschaft um sie herum. Die ersten Briefe aus Spanien zeigen seine Begeisterung. Rilke ist erfüllt von seiner Aufgabe als Dichter, »solchen Gegenständen gegenüber dazusein, still, aufmerksam, als ein Seiendes, Schauendes, Um-sich-nicht-Besorgtes«. Die Eindrücke, die El Grecos Bilder geprägt hatten, treten in den Hintergrund, werden ersetzt durch selbst Geschautes. Die Darstellung des Engels, des Himmels und des Todes als wiederkehrende Motive in den *Duineser Elegien* und den *Sonetten an Orpheus* haben ihren Ursprung in Toledo. Die Landschaft dieser Stadt wird zu Rilkes »geistiger« Landschaft, an die er sich später durch das Wallis erinnert fühlt.

Als Rilke erkennen muß, daß sich seine Hoffnung, die Elegien vollenden zu können, trotz allem nicht erfüllt und das winterliche Klima Toledos seiner Gesundheit keineswegs zuträglich ist, entschließt er sich schweren Herzens, die Stadt zu verlassen. Über Córdoba reist er nach Sevilla. Doch dort, wo er eigentlich bleiben wollte, hält ihn nichts. So fährt er weiter nach Ronda. Die Stadt im Süden Spaniens, wie Toledo über dem Abgrund erbaut, ist für einige Wochen sein Aufenthaltsort. Es entstehen Gedichte, einige Elegien-Fragmente, er schreibt viele Briefe, »unerhörte Briefe, die man Wort für Wort wiedergeben sollte«. (Marie von Thurn und Taxis, Erinnerungen an Rainer Maria Rilke, S. 76) Rilke wohnt im Hotel Reina Viktoria, einem »wirklich ausgezeichneten«, von Engländern errichteten und daher gänzlich unspanischen Hotel. Aber trotz der bequemen, seine Gesundheit schonenden Unterbringung bleibt er auch in Ronda nicht lange. Eine tiefe Depression treibt ihn aus der Stadt. Nach einwöchigem Aufenthalt in Madrid, wo er den Prado besucht, fährt Rilke nach Paris.

Die Reise, von der sich Rilke den Weg aus der Krise erhofft hatte, zog ihn in eine weit tiefere hinein. Sie zwang ihn, das zu fliehen, was er so lange ersehnt und worauf er so viele Hoffnungen gesetzt hatte. Dennoch blieb Spanien über die Jahre des Krieges hinweg, die für Rilke Jahre des Schweigens waren, auch dann noch Anknüpfungspunkt für seine Arbeit an den *Duineser Elegien*, als er die Hoffnung, dieses Werk zu vollenden, fast aufgegeben hatte. Die Spanienerfahrung bleibt in seiner Erinnerung lebendig und in seinem Werk thematisch wie formal sichtbar. Die zweite, 1922 geplante Reise nach Spanien unternahm er nicht mehr.

Rilke selbst hat den Einfluß, den Spanien auf ihn ausübte, zwar immer wieder betont, aber nie benannt, worin er bestand: »Die Frage nach Einflüssen ist natürlich möglich und zulässig, und es mag Fälle geben, wo die Antwort die überraschendsten Aufschlüsse mit sich bringt; indessen, wie immer sie auch lautet, sie muß sofort wieder an jenes Leben, aus dem sie stammt, zurückgegeben werden und gewissermaßen aufs Neue in ihm aufgelöst.«

Die vorliegende Textauswahl folgt dieser Aufforderung Rilkes und gibt die Frage nach dem spanischen Einfluß auf sein Leben und Werk an ihn zurück, soweit dies möglich ist. Sie will die Kontinuität und Intensität der Beschäftigung Rilkes mit Spanien, die Reiseerfahrungen und die unmittelbare literarische Umsetzung der Begegnungen, Eindrücke und Erinnerungen Rilkes anhand von ausgewählten Gedichten, Briefen und Aufzeichnungen sichtbar machen. Die Textzeugnisse sind chronologisch angeordnet und reichen von 1895 bis in Rilkes Todesjahr 1926.

Eva Söllner

Zu dieser Ausgabe

Die den ausgewählten Texten zugrunde gelegten Ausgaben sind im Quellenverzeichnis mit Buchstabensiglen nachgewiesen, die im folgenden aufgeschlüsselt werden.

W I, II, III, VI	Rainer Maria Rilke. Sämtliche Werke in sechs Bänden. Hg. vom Rilke-Archiv in Verbindung mit Ruth Sieber-Rilke, besorgt durch Ernst Zinn. Frankfurt am Main 1987
B 1902-1906	Briefe aus den Jahren 1902 bis 1906. Auswahl und Vorwort von Ruth Sieber-Rilke und Carl Sieber. Leipzig 1929
B 1906-1907	Briefe aus den Jahren 1906 bis 1907. Auswahl und Vorwort von Ruth Sieber-Rilke und Carl Sieber. Leipzig 1930
B 1907-1914	Briefe aus den Jahren 1907 bis 1914. Auswahl und Nachwort von Ruth Sieber-Rilke und Carl Sieber. Leipzig 1933
B I, II, III	Briefe. Hg. vom Rilke-Archiv in Weimar in Verbindung mit Ruth Sieber-Rilke, besorgt durch Karl Altheim. 3 Bände. Frankfurt am Main 1987
BT	Briefe und Tagebücher aus der Frühzeit. 1899-1902. Auswahl und Nachwort von Ruth Sieber-Rilke und Carl Sieber. Leipzig 1931
B 1896-1919	Briefe in zwei Bänden. Hg. von Horst Nalewski. Frankfurt am Main und Leipzig 1991
AK	Briefe an seinen Verleger 1906 bis 1926. Neue erweiterte Ausgabe. Hg. von Ruth Sieber-Rilke und Carl Sieber. Wiesbaden 1949
BB	Briefwechsel mit Benvenuta. Eßlingen 1954
BM	Briefe aus Muzot 1921 bis 1926. Nachwort von Ruth Sieber-Rilke und Carl Sieber. Leipzig 1935
GS	Briefe an Gräfin Sizzo 1921 bis 1926. Hg. von Ingeborg Schnack. Frankfurt am Main 1985
HN	Rainer Maria Rilke – Helene von Nostitz. Briefwechsel. Hg. von Oswalt von Nostitz. Frankfurt am Main 1976
KEH	Briefe an Karl und Elisabeth von der Heydt 1905 bis

1922. Hg. von Ingeborg Schnack und Renate Scharffenberg. Frankfurt am Main 1986

KK Rainer Maria Rilke – Katharina Kippenberg. Briefwechsel. Textrevision, Erläuterungen und Nachwort von Bettina von Bomhard. Wiesbaden 1954

LAS Rainer Maria Rilke – Lou Andreas-Salomé. Briefwechsel. Hg. von Ernst Pfeiffer. Frankfurt am Main 1989

MTT Rainer Maria Rilke – Marie von Thurn und Taxis. Briefwechsel. Geleitwort von Rudolf Kassner. Nachwort und Erläuterungen von Ernst Zinn. Zürich 1951

SNB Briefe an Sidonie Nádherný von Borutin. Hg. von Bernhard Blume. Frankfurt am Main 1973

DE Materialien zu Rainer Maria Rilkes *Duineser Elegien*. Hg. von Ulrich Fülleborn und Manfred Engel. Frankfurt am Main 1980

Schnack Rainer Maria Rilke. Chronik seines Lebens und seines Werkes. Frankfurt am Main 1990

Wodke Friedrich Wilhelm Wodke. Rilke und Klopstock. Diss. Kiel 1948

Quellenverzeichnis

Seite 9: W III, 506f.; 10 BT 1899-1902, 85; 10 B 1902-1906, 82f.; 11 B 1902-1906, 49f.; 12 LAS, 109f.; 13 LAS, 160; 15 LAS, 177; 15 LAS, 212; 16 B 1902-1906, 317; 17 W I, 531f.; 18 B 1906-1907, 321f.; 19 W I, 615f.; 21 W I, 616f.; 22 W I, 617f.; 22 B 1906-1907, 62; 23 AK, 139; 23 B I, 290; 24 MTT, 64; 24 MTT, 69; 25 SNB, 159f.; 27 SNB, 161f.; 29 B 1907-1914, 245; 29 AK, 179f.; 30 SNB, 163; 30 MTT, 206f.; 31 KK, 41f.; 32 MTT, 215ff.; 37 B I, 365f.; 39 SNB, 165; 39 B II, 367; 40 B II, 368ff.; 44 B I 1896-1919, 441ff.; 45 B II, 372; 45 AK, 189; 46 B II, 377; 47 SNB, 165ff.; 49 B II, 378; 50 W II, 388f.; 52 MTT, 239ff.; 54 SNB, 167ff.; 54 B II, 378ff.; 60 SNB, 169ff.; 63 AK, 190ff.; 64 B II, 384ff.; 70 HN, 37f.; 71 B 1907-1914, 268f.; 72 SNB, 172; 74 W II, 42f.; 75 KEH, 182f.; 77 W II, 43; 77 W II, 389; 78 LAS, 278ff.; 79 AK, 192ff.; 82 B II, 393f.; 83W II, 43ff.; 86 Schnack, 420; 87 LAS, 283ff.; 88 LAS, 283ff.; 90 MTT, 256; 90 Wodke, 96f.; 92 W II, 49f.; 94 W II, 50f.; 96 MTT, 258 f.; 97 SNB 172ff.; 99 W VI, 1036ff.; 104 W I, 706ff.; 106 MTT, 262f.; 108 W II,

390; 108 W II, 390; 108 W II, 391; 109 W II, 391; 110 W II, 51; 111 SNB, 75f.; 115 W II, 52; 117 KEH, 184f.; 117 B II, 395ff.; 119 SNB, 178f.; 119 B II, 399f.; 120 B 1896-1919, 460ff.; 123 KK, 47f.; 123 BB, 17f.; 124 BB, 46ff.; 127 BB, 63f.; 129 W II, 58f.; 131 W VI, 1149f.; 132 B II, 509f.; 133 W II, 103f.; 134 B I, 701 ff.; 135 MTT, 588f.; 136 B II, 677ff.; 138 B II, 687f.; 139 B II, 699f.; 140 GS, 13; 140 BM, 95; 141 BM, 99; 142 W I, 744; 143 BM, 108f.; 144 GS, 24; 145 BM, 211f.; 145 B II, 324ff.; 149 B II, 374ff.; 152B III, 914f.; 153 B II, 925f.; 153 B III, 928ff.

Bildnachweis

Hauke Dressler: 9; Giraudon, Paris: 4; Tony Stone Worldwide/Robert Everts: Umschlag und 1; Klaus Thiele: 12; Harry und Jürgen Weigand: 6/7 (Aus: »Die Farben Andalusiens«, Die bibliophilen Taschenbücher, Harenberg Kommunikation, Dortmund 1992), 8, 10, 11

INHALT

Reisepläne

In Spanien

Nachklang

Rainer Maria Rilke
im Insel Verlag und im Suhrkamp Verlag

Sämtliche Werke. 6 Bände. Herausgegeben vom Rilke-Archiv. In Verbindung mit Ruth Sieber-Rilke besorgt durch Ernst Zinn. Leinen, Leder und insel taschenbücher 1101-1106

- Band I: Erste Gedichte. Die frühen Gedichte. Die weiße Fürstin. Die Weise von Liebe und Tod des Cornets Christoph Rilke. Das Stundenbuch. Das Buch der Bilder. Neue Gedichte. Der Neuen Gedichte anderer Teil. Requiem. Das Marien-Leben. Duineser Elegien. Die Sonette an Orpheus. (it 1101)
- Band II: Verstreute und nachgelassene Gedichte aus den Jahren 1906-1926. Gedichte in französischer Sprache. (it 1102)
- Band III: Leben und Lieder (1894). Christus-Visionen (1896). Dir zur Feier (1898). Frühwerke in ursprünglicher Gestalt. Jugendgedichte aus dem Nachlaß (bis 1905). (it 1103)
- Band IV: Frühe Erzählungen und Dramen (1893-1902). (it 1104)
- Band V: Worpswede. Rodin. Besprechungen, Aufsätze und Betrachtungen (1893-1905). (it 1105)
- Band VI: Malte Laurids Brigge. Kleine Schriften (1906-1926). ›Gedichte in Prosa‹ und Verwandtes. (it 1106)

Werke in drei Bänden. Eingeleitet von Beda Allemann. Leinen

Einzelausgaben

Am Leben hin. Novellen und Skizzen 1898. Mit Anmerkungen und einer Zeittafel. it 863

Die Aufzeichnungen des Malte Laurids Brigge. Leinen, BS 343 und it 630

Auguste Rodin. Mit 96 Abbildungen. it 766

Aus dem Nachlaß des Grafen C. W. Ein Gedichtkreis. Gebunden

Ausgesetzt auf den Bergen des Herzens. Gedichte aus den Jahren 1906 bis 1926. it 98

Ausgewählte Gedichte. Einschließlich der ›Duineser Elegien‹ und der ›Sonette an Orpheus‹. Auswahl und Nachwort von Erich Heller. BS 184

Der ausgewählten Gedichte erster Teil. Ausgewählt von Katharina Kippenberg. IB 400

Der ausgewählten Gedichte anderer Teil. Ausgewählt von Katharina Kippenberg. IB 480

Der Brief des jungen Arbeiters. Aus den kleinen Schriften 1906-1926. BS 372

56/1/5.91

Rainer Maria Rilke
im Insel Verlag und im Suhrkamp Verlag

Das Buch der Bilder. Des ersten Buches erster Teil. Des ersten Buches zweiter Teil. Des zweiten Buches erster Teil. Des zweiten Buches zweiter Teil. it 26

Bücher. Theater. Kunst. Aufsätze aus den Jahren 1896–1905. Herausgegeben von Richard von Mises. BS 1068

Die Dame mit dem Einhorn. Herausgegeben und mit einem Nachwort von Egon Olessak. Mit zwölf farbigen Abbildungen. IB 1001

Duineser Elegien. Gebunden

Duineser Elegien. Mit einem Essay von Peter Szondi. BS 468

Duineser Elegien. Die Sonette an Orpheus. it 80

Erste Gedichte. Larenopfer. Traumgekrönt. Advent. it 1090

Ewald Tragy. BS 537

Ewald Tragy. Mit einem Nachwort von Richard von Mises. it 1142

Das Florenzer Tagebuch. Herausgegeben von Ruth Sieber-Rilke und Carl Sieber. BS 791

Frühe Gedichte. it 878

Gedichte. Aus den Jahren 1902 bis 1917. Taschenbuchausgabe der 1931 als Privatdruck erschienenen Edition der Handschrift Rainer Maria Rilkes. Illustriert von Max Slevogt. it 701

Gedichte aus den späten Jahren. Zusammengestellt von Franz-Heinrich Hackel. it 1178

Die Gedichte in einem Band. Leinen

Geschichten vom lieben Gott. Gebunden

Geschichten vom lieben Gott. Illustrationen von E. R. Weiß. it 43

Geschichten vom lieben Gott. Illustrationen von E. R. Weiß. Großdruck. it 2313

Lektüre für Minuten. Gedanken aus seinen Büchern und Briefen. Herausgegeben von Ursula und Volker Michels. Pappband

Die Letzten. Im Gespräch. Der Liebende. it 935

Das Marien- Leben. IB 43

Neue Gedichte. Der Neuen Gedichte anderer Teil. it 49

Poèmes français. Mit einem Nachwort von Karl Krolow. Leinen

Rilke und Rußland. Briefe, Erinnerungen, Gedichte. Herausgegeben von Konstantin Asadowski. Aus dem Russischen von Ulrike Hirschberg. Leinen

Rilkes Landschaft. In Bildern von Regina Richter, zu Gedichten von Rainer Maria Rilke. Mit einem Nachwort von Siegfried Unseld. it 588

Schweizer Vortragsreise 1919. Herausgegeben von Rätus Luck. Leinen

56/2/5.91

Rainer Maria Rilke
im Insel Verlag und im Suhrkamp Verlag

Die Sonette an Orpheus. Mit einem Nachwort von Ulrich Fülleborn. BS 634

Das Stunden-Buch, enthaltend die drei Bücher: Vom Mönchischen Leben. Von der Pilgerschaft. Von der Armut und vom Tode. it 2

Tagebücher aus der Frühzeit. Herausgegeben von Ruth Sieber-Rilke und Carl Sieber (1942). Leinen

Das Testament. Faksimile der Handschrift aus dem Nachlaß. Im Anhang Transkription der Handschrift. Erläuterungen und Nachwort von Ernst Zinn. Die Edition besorgte Ernst Zinn. Herausgegeben im Auftrag der Rilkeschen Erben und des Rilke-Archivs. Leinen

Das Testament. Edition und Nachwort von Ernst Zinn. BS 414

Übertragungen. Herausgegeben von Ernst Zinn und Karin Wais. Leinen

Vom Alleinsein. Betrachtungen und Gedichte. it 1216

Die Weise von Liebe und Tod des Cornets Christoph Rilke. Reprint des ersten Insel-Bücherei-Bandes von 1912. IB 1

Wladimir, der Wolkenmaler und andere Erzählungen, Skizzen und Betrachtungen aus den Jahren 1893-1904. Ausgewählt und zusammengestellt von Volker Michels. it 68

Worpswede. Fritz Mackensen. Otto Modersohn. Fritz Overbeck. Hans am Ende. Heinrich Vogeler. Mit zahlreichen Abbildungen und Farbtafeln im Text. it 1011

Zwei Prager Geschichten und ›Ein Prager Künstler‹. Mit Illustrationen von Emil Orlik. Herausgegeben von Josef Mühlberger. it 235

Rainer Maria Rilke / Karl Krolow: Les Fenêtres. Die Fenster. Mit 3 Originalradierungen von Christian Mischke. Numerierte und auf 750 Exemplare limitierte Auflage. Leinen in Kassette

Briefe

Briefe in einem Band. Herausgegeben vom Rilke-Archiv in Weimar. In Verbindung mit Ruth Sieber-Rilke besorgt durch Karl Altheim. 2. Auflage mit revidiertem Register. Vollständige Neuausgabe der früher zweibändigen Ausgabe. Leinen

Briefe. 3 Bde. in Kassette. Herausgegeben vom Rilke-Archiv in Weimar in Verbindung mit Ruth Sieber-Wilke. Besorgt durch Karl Altheim. it 867

Briefe an Axel Juncker. Herausgegeben von Renate Scharffenberg. Leinen

Briefe an die Mutter. Herausgegeben von Hella Sieber-Rilke. BS 897

Briefe an eine junge Frau. Mit einem Nachwort von Carl Sieber. IB 409

56/3/5.91